JN045406

Ronso Kaigai
MYSTERY
264

正直者ディーラーの秘密

FRANK GRUBER
THE HONEST DEALER

フランク・グルーバー
松尾恭子［訳］

論創社

The Honest Dealer
1947
by Frank Gruber

目次

主要登場人物

ジョニー・フレッチャー……………書籍セールスマン
サム・クラッグ…………………………ジョニーの相棒
ジェーン・ラングフォード…………歌手
ジェームズ・ラングフォード………ジェーンの夫
チャールズ・ハルトン………………ジェーンの知人
ホーマー・チャッツワース…………保険会社の社長
ハリー・ブロス…………………………ブラックジャックディーラー
カール・シン……………………………詐欺師
マリガン…………………………………ラスベガス警察の警官
ウォルター・コブ………………………私立探偵
ギルバート・ホンシンガー…………〈エル・カーサ・ランチョ〉のオーナー
ニック・ブリーク………………………〈エル・カーサ・ランチョ〉のベルボーイ

正直者ディーラーの秘密

第一章

フューネラル山地は後方に、パナミント山脈ははるか前方にそびえている。男はデスバレーに視線を落とした。この谷はたくさんの人の命と同じように、わたしの命も奪うのだろうか。

男はデスバレーにまつわる話を昔からよく耳にしていた。ここから一日もかからない場所に長年住み、谷の周辺を数えきれないほど通った。一度、谷を車で疾走したこともある。晩秋のころだった。

しかし今は七月。しかも徒歩だ。身につけているのは百五十ドルの茶色いピンストライプのスーツ。黄褐色のオックスフォードシューズは、デスバレーの熱い砂と塩の結晶の上を歩くにははなはだ不向き。白いシャツは汚れて灰色になり、帽子の形は崩れてしまった。男は、砂漠を旅する人がよく車に積むキャンバス地の水筒を下げていた。中に残っている水はほんのわずかだ。

男は振り返り、フューネラル山地を見上げた。動く影はあるか？　追手は迫っているか？　デスバレーまで追ってくるだろうか？

くだってきた渓谷にしばらく目を凝らした。小さな人影が見える。やつだ。

ふたりともデスバレーでくたばってしまうかもしれない。

男はデスバレーに足を踏み入れた。毛穴から汗が滲み出し、湿った服がからだに張りつく。それは問題ないが、汗が止まったときが心配だ。

数分間、砂の上を進んでから、塩や硼砂《ほうしゃ》に覆われた場所を横切った。とても固いところもあれば、足の下で割れて砕けるところもある。薄汚れた白色と黄色が入り混じっていて、遠方に広がる平野はまばゆいほど白く、凍った川におりる霜のようだ。

太陽の熱が降りそそぎ、谷底で反射する。熱のため、男はあえぐように口を開けっぱなしだ。気分が重いのは追手が迫っているからではなく、空気がからだを重く締めつけるためだ。男は海水面よりずっと低いところにいる。

ひたすら前を見て歩くうちに、地面が平らになった。粉状の氷のような塩がきらめいている。遠くから見えていた「凍った川」だ。足で踏んで体重をかけると表面が震えたりうねったりするものの、からだが沈むわけではない。

男は立ち止まって振り返った。やはり、やつだ。やつとの距離は二マイルほどだろうか。もっと近いだろうか。デスバレーまで追ってくるつもりなのだろう。

逃げても無駄だ。けれど、歩くのをやめ、ただ死を待つことなどできない。本能がそうさせない。舌が腫れている。男はキャンバス地の水筒のふたを回して開け、水をちびりと飲んだ。もう一、二口分しか残っていない。太陽はまだパナミント山脈の上空に浮かんでいる。

男ははあはあと息を吐きながら歩きだした。白い塩はしだいに柔らかくなり、やがてどろどろになった。幸い、塩で覆われた一帯は狭い。その反対側に広がる、塩の結晶と泥が混じりあう平地はでこぼこしている。沸き立った地表が焼き固まり、割れ、ところどころ陥没したといった風だ。踏み潰した塩の結晶が靴の中に入り、足がひりひりする。あちこちに細い流れがあるが、水には色がついている。男はひざまずいて水をなめてみた。酸のように強烈で、唇と舌がしびれた。この水を口いっぱいに含んだら動けなくなるだろう。

異様な靄《もや》が漂い、行く手にそそり立つパナミント山脈は遠く霞んでいる。地表近くに陽炎が立ちのぼり、遠くのものが揺らめいている。男は振り向いた。追手が消えた。あきらめたのだろうか。いや、また姿を現した。

いったいどれくらい歩いたのだろう。太陽はパナミント山脈の稜線に近づいているが、デスバレーの谷底は時間が止まってしまったようだ。

男はいく度となく両膝をついた。立ちあがるのがしだいに難しくなり、ついに立てなくなると、ふたたび水筒のふたを開けた。喉を湿らせるだけのつもりが、流れこむ水をどんどん飲んだ。気がつけば飲みこんでいるのは空気だけだった。

水は尽きた。

男は力をとり戻し、立ちあがってうしろを見やった。やつは——追っている。

追われる男は声をあげて泣き、よろめいた。彼方にあるパナミント山脈に太陽が近づいている……はずだ。もしかしたら、谷が闇に包まれるまで生きのびられるかもしれない。

手で顔をなでると、驚いたことにもう汗をかいていなかった。男は走りだした。いや、走りだしたつもりだったが、今までと同じ速さだった。つまずいて転び、なんとか立ちあがった。足元の塩の結晶は砂と小石に変わり、緩い上りになったようだ。水があれば助かるかもしれない。けれど水はない。

男は水筒を落とし、やがてくずおれ、そのまま立ちあがれなくなった。

仰向けに横たわり、目を開いて空を見つめる男に、とうとう追手が追いついた。追手は地面に横たわる男よりずっと若く、砂漠を歩くのに良さそうな格好をしている。ブーツにリーバイスのジーンズ、ステットソンのつば広の帽子といういでたち。二本の水筒を携え、そのうちの一本は満杯だ。追手はたたずんだまま、横たわる男を見下ろした。

追手が言葉を放った。「さて、万事休すか」

横たわる男は答えなかった。腫れて黒ずんだ舌が動かない。追手は片方の水筒のふたを開けてかがみこみ、まず数滴、さらに数滴、男の口にたらした。合わせてスプーン一杯分の量だ。

追手はからだを起こし、横たわる男を見つめた。男の目のどんよりした感じが薄まり、唇が動いた。

「水……水……」

追手は意地悪く口元をゆがめた。もう一度かがみ、横たわる男の乾いた喉に水をぽたぽた落とした。わずかな水によって力が出た男は、数分後、起きあがった。

ふたりは、しばしお互いを凝視し、地面に座る男が叫んだ。「何を待っているんだ?」

「おれがあんたを殺すと思ってるのか?」

「殺さないのか?」

「いいや」追手は一瞬言葉を切った。「あんたが話すまで殺さない」

男は喉の渇きに襲われつつも、ものすごい笑い声をあげた。

追手が片方の水筒を振った。さっき、水滴をたらした水筒だ。「飲みたいか? うまい水を?」

息も絶え絶えになっている男の目がきらりと光った。けれど、輝きはしだいに失せていった。

「この中の水を全部飲めるぜ」追手は水筒をちらつかせた。「おれの知りたいことを話しさえすれば」

「でも、殺すんだろう?」

冷たい目が苦悶に満ちた目を見下ろした。「ああ」追手は目に冷酷な光をたたえて答えた。「殺す。

違いは腹に水を入れて死ぬかどうかだけ……」彼は大きく肩をすくめた。

地面に座る男の目が、追手の手に握られた水筒のほうに向いた。水筒は大きくて丸みがあり、重く、硬い。ほとんど空だが、少なくとも一ジルの水が入っている。一ジルの水……。

「話すよ」男は言った。「だから水をくれ……」

「話すのが先だ」

「水を飲まないと無理だ……」

追手はためらったが、どっちでもいいことだと思い直し、足元の砂の上に水筒を落とした。彼がうしろへ下がるや、男は夢中で水筒をつかんだ。

水が渇いた唇から喉へと流れこみ、生き返った気分になった。最後の一滴を飲み干すころには力がわいた。男は水筒に口をつけたまま、ひと呼吸おいてから、靴のつま先を砂利にねじこんだ。

それから間髪入れずに水筒を口から離し……立っている男の顔に投げつけた。不意をついて飛んできた水筒は追手の額にあたった。追手は驚きと——痛みのあまり叫び、よろめきながら後ずさった。

数分前まで死にかけていた男は地面から跳びあがり、追手につかみかかった。

うまくいきそうだった。追手が銃を携えていなかったら、首尾よく運んだかもしれない。けれど追手は銃を携えていたし、使い方を心得ていた。じつのところ、追手にとって銃の扱いはお手の物だった。銃はすでに手に握られており、飛びかかってきた男の胸を弾丸が貫通した。

「馬鹿め」追手はうつぶせに倒れた男に向かってひと言吐き捨てた。

追手は死体の下にブーツのつま先を乱暴につっこみ、死体をひっくり返した。次の瞬間、ぎょっとして悲鳴をあげた。男の目が開いている。虫の息ながら、まだ生きている。

追手は瀕死の男の顔を見下ろした。それから目を上げてパナミント山脈を眺めやった。太陽が山頂にかかろうとしている。そろそろ山の向こうへ沈むだろう。

地面に横たわる男の口からうめき声が漏れた。追手は射るような視線を落とし、銃を構え、三フィート先にある顔に銃口を向けた。

しかし撃たなかった。ゆがんだ口と死にかけの脳が秘密を握っている。その秘密を知るためにデスバレーまで追ってきたのだ。ひと言かふた言……それだけでいい。死に際に口にしてくれないだろうか。無意識に、朦朧とする中で……。

追手は銃を仕舞って地面に座り、満杯の水筒のふたをゆっくり回して開けた。ぐうっと飲んだ。百ヤード向こうに灰色の舗装道路が走っている。死にゆく男は道路まであと一歩というところまで来ていた。だが、道路にたどり着いてもどうにもならなかっただろう。七月にデスバレーに車で入る人間などそうそういない。皆、できるだけここを避けるのだ。

第二章

ジョニー・フレッチャーはデスバレーを示す標識に目を留めた。彼はモハーヴェ砂漠の街ベーカーにいる。「前々からデスバレーを見てみたかったんだよ」彼はサム・クラッグに言った。

サムはガソリンスタンドの壁にかけてある温度計をぽんと叩いた。「見ろ――華氏百十二度。すでにこの暑さだ。東に行けば山に入るから涼しい。デスバレーの話なんてよそうぜ」

「デスバレーを通るのは夜だ」ジョニーは言い張った。「で、夜明け前にファーニス・クリーク・インに着く。エアコン付きの宿だぞ。明日はこの宿に泊まり、夕方、リノに向かう。涼しくて快適なドライブだ」

「おれはラスベガスのほうがいい」サムは主張した。「二時間もあれば行ける」

ふたりはコイン投げで決着をつけた。二時間後、ふたりの車はエンジン音を立てながらデスバレーへ続く道を走っていた。澄みきった月明かりの夜である。道は立派だが、ちょっと寂しげだ。まだ七時少し前なのに、ベーカーを発ってから車を一台も見ていない。

窓を全部開けているが、車の中は暑い。日没から一時間以上たっているにもかかわらず、涼しい夜風は吹いてこない。

「こう言っちゃなんだが」サムは文句をたれた。「どんどん暑くなってる」

「いや、そうでもない」ジョニーは汗だくだが、自分の非を認めるつもりはない。「一時間もたてば、窓を全部閉めなきゃならなくなるさ」

「窓を開けてちゃまずいようだ。風がえらく強くなってきた。それにしても暑いな……」

吹きつける強風が車を少し煽った。道を西に折れると、車の側面に風を受ける格好になった。ジョニーは道から外れないよう必死に運転した。

「こんなとんでもないことってあるのか」ジョニーは大声をあげた。「小さい谷でこんな風が吹くなんて。山が風を遮りそうなもんだが」

ジョニーはアクセルペダルを踏んだ。加速すれば風圧が弱まるだろうと期待したものの、車はいっそう煽られた。

「窓を閉めろ」ジョニーは鋭い口調でサムに指示し、自分側の窓を閉めた。

ところが功を奏さない。まるで、牙をむくサイクロンにつっこんだかのようだ。ジョニーがアクセルペダルから足を離すと、車は風でさらに大きく揺れた。ギアをセカンドに入れてみた。すると前輪が路面から浮いた。ジョニーは前輪をなんとか着地させた。

「冷却水が吹きこぼれるぞ」サムが不気味な声で告げた。

ジョニーは車を停めた。エンジンはうなり、冷却水はシュッシュッと沸騰している。サムがジョニーを見た。

「何も言うな」ジョニーが怒鳴った。

「何も言ってない。けど、考えるのは止められない」

「風はじきにおさまるさ。きっとおさまる」

ジョニーはベーカーでコインを投げ、ガソリンスタンドの店員にデスバレーを北上するつもりだと告げたときのことを思いだした。

「夜中に？」と店員は聞き返した。

ジョニーはドアを開けた。その瞬間、手からドアが離れた。彼は車からおり、風に吹き飛ばされないよう車にしがみついた。

「この風はオーブンから吹いてる」ジョニーはサムに向かって叫んだ。

確かにそうだ。風はデスバレーというオーブンから吹いてくる。自然界が均衡――完璧なバランスを保とうとしているのだ。日中、デスバレーの気温は華氏百三十五度から百四十度まで、いや、百五十度まで上昇する。夜になると砂漠の上空の冷たい空気が容赦なくおりてきて、昼間の熱気を押し流す。

七月から八月にかけて、デスバレーでは――ファーニス・クリーク・インのようなエアコンのある場所は別として――暮らせない。風は夜ごと吹きすさぶ。夕方デスバレーで発生し、モハーヴェ砂漠へ向かうのだ。ハリケーン級の風ともなると、速度は時速七十マイル、温度は華氏百二十度に達する。ジョニー・フレッチャーとサム・クラッグに吹きつける風はまだほんの序の口。デスバレーの奥に進むにつれて風は激しくなり、真夜中過ぎまで吹くだろう。ジョニーは車のかたわらにたたずんだまま、こう予想した。

彼はふいと車に乗りこみ、ドアを閉めた。「ベーカーに戻ろう」

「よしきた」サムが叫んだ。

ジョニーはエンジンをかけ、すばやくユーターンした。ところがブレーキを踏み、フロントガラス越しに指さした。「見ろ……！」

サムはジョニーの指さす方向に視線をたどらせた。「男が歩いてる……」

「よろよろ歩いてる」ジョニーは訂正した。

「まさかこんなところで人を拾ったりしないよな……」

「倒れた！」

ジョニーはイグニッションスイッチを切り、ドアをぐいと開けた。かがみながら、風に逆らって必死で車の前に回りこみ、道路の右手に広がる砂漠に向かった。

男は砂の上に横たわっていたが、ジョニーが近づくと、力をふりしぼって膝立ちになった。灼熱の暴風の中で震えている。

ジョニーは男に近寄った。「車に乗るかい、おっさん？」

男はジョニーの言葉が聞こえていないようだった。しだいに頭を下げ、ばたりとうつ伏せに倒れた。

ジョニーは軽く叫び、かがんで男に触れようとした。すると、サムが頑丈な手を伸ばし、男をひっくり返した。

サムは仰天した。「こいつ、全身血まみれだ！」

「み、水……！」地面に横たわる男がかすれ声で所望した。

ジョニーはたじろいだ。「水は一滴もない」と答えてから苦々しげにつけ加えた。「おれたちはたいした砂漠の旅人だな！」

「おれが車までこいつを運ぼうか」サムが買って出た。

「ああ」とジョニー。「ここから一番近い町はベーカーだ。二時間もあれば着く」

男が唇を震わした。「二時間……」力なく頭を振った。「わたしはそう長くはもたない。わたしは……撃たれた……」

ジョニーはそうだろうと見当がついていた。「誰にやられた？」

男は弱々しく右手を動かした。「もうどうでもいい。どうせ死ぬんだ」男はうめいた。「ただ、水をひと口飲みたい……」

「ラジエータの中に水が入っているが」ジョニーは言った。「煮えたぎっているぞ」

サムがかがみこみ、男の両肩に大きな手をかけた。「おれたちに何かできることはあるか、相棒？」

男は最後の力を振り絞り、懸命に上着の腰ポケットに右手を入れた。「ある」男はあえいだ。「これをラスベガスにいるニックに届けてくれ。ニックに……」突如、口から血の泡が噴き出した。それがはじけ、男はぐったりとした。

「くたばっちまった！」サムがわめいた。

ジョニーは真剣な面持ちでうなずいた。サムのわきをそっと歩き、死んだ男の右手を持ちあげた。握られた手を開くと、トランプの箱が砂の上に落ちた。ジョニーは箱を拾って開けた。

「トランプか」ジョニーがこう言うと同時に、何かが手の中に落ちた。「それとポーカーチップ」

「ニックに届けてほしいものってこれか？」

ジョニーは深く息を吸いこみ、男の上着のポケットに手を入れた。何もない。ほかのポケットを探ると、ほとんど空っぽの煙草入れ、煙草の巻き紙、半分使われたブックマッチが出てきた。それですべてだった。

第三章

ジョニー・フレッチャーとサム・クラッグがベーカーにたどり着いたのは四時だった。デスバレーへの冒険は失敗に終わった。ふたりは出発地点であるガソリンスタンドに寄った。

そこはネオンの光で煌々としていたが、誰もいなかった。燃料タンクは空に近く、最後の五十マイルを走るあいだ、ラジエータには水がない状態だった。デスバレーからの風は、まだびゅうびゅう吹いている。

クラクションを鳴らしたが応答がないので、ジョニーは建物の中へ入った。店員はキャンバス地を張った簡易ベッドで大の字になって寝ていた。口をぽかりと開け、豪快にいびきをかいている。

ジョニーは店員を揺さぶった。「おい、起きろ!」

店員は目を開け、間の抜けた表情でジョニーを見つめた。「はあ?」

「ガソリンをくれないか」

「ああ、いいよ」店員は起きあがり、あくびをした。「なんだって?」

「ガソリンをくれ!」

店員は不平を鳴らした。「寝たばかりなのに」立ちあがって外に出た。

ジョニーはあとに続いた。「五時ごろ、きみが当番だったよな?」

店員はジョニーの車の燃料タンクに給油ノズルをつっこんだ。「確か、そうだ。それがどうした?」

「おれを覚えているか?」

店員は肩をすくめた。「大勢の人間がここに寄るんだ。ラスベガスからバーストーまでの途中には、ほかに町がないからな」眠そうな目をしばたたきながらジョニーを見た。「ああ、あんた、デスバレーに行ったやつだな」店員は笑った。「ひき返してきたのか? けっこう風が強かっただろ?」

「どうして教えてくれなかった?」

「おれの仕事じゃないんでね。夜中にデスバレーを通りたいっていう馬鹿は自分で責任をとらなきゃ」

ジョニーは悪態をついた。店員はただにやりとした。

「どうやらラジエータは空だな」

「最後の百マイルはずっとそうだった」ジョニーは腹立たしげに言った。

「気をつけないと。いかれちまうぜ」

ジョニーは視線を給油ポンプに向けた。「もう十分だ」

「六ガロンしか入ってない。これじゃあタンクは空っぽ同然だよ」

「そうさ。でも、これでラスベガスまで行ける」

「ガソリンはカリフォルニアで買ってもネバダで買っても同じだろ?」

「問題は金だ」ジョニーは答えた。「カリフォルニアで買ったら一文無しになる。まずはネバダでひと儲けしようって算段なのさ」

店員は鼻で笑った。「本気か? おれはここを行き交う連中を見てきた。みんな行きは幸せ、帰りは惨め。そんなもんさ」

「いかにも」とジョニー。「だが、多少勝ち目はある」

「やってみな。州境まで連れていかれて追放されるのがおちだよ」

サム・クラッグが車から身を乗り出した。「おい、ただの冗談だぞ。おれたちはネバダを素通りする」心配そうな目をジョニー・フレッチャーに向けた。「そうだろ、ジョニー?」

「ネバダを通り抜けてニューヨークへ向かう」

「バーストーからルート66を行けば」ガソリンスタンドの店員が言った。「アリゾナに直接入れる。そのほうが近いけど、道が悪い。たいていのやつはラスベガスまで行き、ボールダーシティを経由し、アリゾナのキングマンでルート66に戻る」

「おれもその経路を取ろうと考えていた」ジョニーは二枚の一ドル紙幣をポケットから取り出した。「一ドル八セントか?」

店員が油面計を持ちあげた。「エンジンオイルの量は二クォートか」

「かまわないさ」

ジョニーは九十二セントのおつりを受け取り、数枚の硬貨が入っているポケットに入れ、車に乗りこんだ。

「幸運を」店員が告げた「祈ってるよ」

ジョニーはハイウェイを飛ばした。隣に座るサム・クラッグはそわそわしている。「ラスベガスには寄らないいんだろ?」

「道中、金を使わなければ、おれたちは一ドル四十五セントとともに、朝食時にはラスベガスに到着する。これっぽっちの金で旅を続ける方法があるなら教えてくれ」

サムはぶつくさ言った。「デスバレーに出発するとき、次の日はファーニス・クリーク・インに泊まると言ったよな。どうやって宿代を払うつもりだったんだ？」

「なに、いい考えがあったのさ」

「ラスベガスで儲ける方法でもあるのか？」

「ある」

「おれ、心配だよ。ネバダでは大金が小金になっちまう。そんなのごめんだ」

ジョニーはポケットに手を入れ、円形のものを取り出した。「これは何だと思う、サム？」

サムはからだをぶるっと震わせた。「死んだ男が持っていたポーカーチップ」

「そうだ。でも、ただのポーカーチップじゃない。カジノで使うチップだ。ネバダでは、一ドル硬貨を金として使う。カジノではチップをもっと高い金――五ドルや二十五ドルとして使う。このチップは五ドルや二十五ドルになる――これを扱うカジノを探し出せれば」

「そんなの楽勝さ。ラスベガスのカジノの数なんて、たかが知れてるだろ？　小さな街だから」

「うん――それに手がかりもある」ジョニーはふたたびポケットに手を入れ、ブックマッチを取り出した。「これもやつのポケットに入っていた……」

サムは身を乗り出し、ブックマッチに書かれた宣伝文句を読んだ。「エル・カーサ・ランチョ、ネバダの誇り……おい、つまり……？」

「ここかもしれない。やつがほかでマッチをもらった可能性もあるが。宣伝のためにあちこちで配るものだからな。まずはエル・カーサ・ランチョを当たってみよう」

ふたりはベーカーの東、数マイルの地点で緩やかな山ののぼり坂に入った。山頂を過ぎると、デスバレーからの風がぱたりとやみ、ジョニーとサムは涼しさを感じ始めた。十分後、ふたりはコートのボタンをはめ、夜が明けるころには寒さに凍えた。

ネバダ州境を越えた直後、太陽が地平線の上にゆっくりのぼった。うれしい光景だった。しかし、大地は相変わらず荒涼としていて、目に映るのは砂、点在するジョシュア・ツリー、砂、回転草、そして砂だ。

野立てや広告板が現れ始めた。ジョーズ・クラブ、マイクズ・クラブ、ハリーズ・クラブ、エルマーズ・クラブ、ザ・ラスト・フロンティア、エル・ランチョ・ベガス、エル・カーサ・ランチョといった施設のものだ。

ふたりは、砂漠にどさりと放り出されたかのような二、三のモーテルを通り過ぎた。はるか前方の空が霞んでいる。

「ラスベガスだ」ジョニーが告げた。

サムが大声をあげた。「見ろよ、ヒッチハイカーだ。一晩中歩いていたんだろうな」

ヒッチハイカーは車道に寄り、親指を立てた。ジョニーはアクセルペダルから足を外した。「彼を車に乗せてやろう。町までまだ六十八マイルある……」

ヒッチハイカーは、リーバイスのジーンズ、鮮やかな赤と白の格子縞のフランネルシャツ、カウボーイブーツ、ステットソンの頭部が平らな黒い帽子という格好だ。

ブレーキをかけながら、ジョニーが低く口笛を吹いた。「女だぞ！」

ヒッチハイカーは――西部の男の服装をした若い娘だった。帽子の下から金髪がのぞいている。顔立ちが美しく、肌は蜂蜜色だ。

ジョニーはサム越しに身を乗り出した。「乗るかい？」娘に声をかけた。

娘はずっと親指を立てていたのに、乗るかどうか急に迷いが生じたようだった。クーペの中にふたりの男――ふたりの大きな男がいる。車内は窮屈そうだ。

「馬に振り落とされてしまったの」娘が口を開いた。「それにブーツで歩くのに慣れてなくて」

サムはドアをさっと開け、ジョニーのほうにつめた。

「乗りな、お嬢さん！」

娘はサムに鋭い視線を向け、それから車に乗りこんだ。ジョニーはシフトレバーをセカンドに入れた。まだクラッチペダルを踏んでいる。「馬はどこだい？　姿が見えないな」

「ああ、たぶん、もう廏に戻ってるわ。わたしを振り落としたのが十分前だから」

ジョニーがクラッチペダルを離し、車は勢いよく走りだした。「街に住んでいるのか？」

「いいえ、ラスベガスに――滞在しているの……」

ジョニーはにやりと笑った。「六週間の滞在か」娘は返事をしない。「離婚するにはまだ若い」

「なんですって！」

「おっと、悪気はないよ。思うに、きみはずいぶん若いから結婚していない。ましてや離婚なんて……」

娘は冷ややかに告げた。「ザ・ラスト・フロンティアでおろしてちょうだい。この先の左手にあるわ」

「そこに泊まっているのか？」

「宿はエル・カーサ・ランチョよ。ザ・ラスト・フロンティアでタクシーを拾うから」

「宿まで送るよ」ジョニーは気安く言った。

ジョニーはザ・ラスト・フロンティアにちらりと目をやった。この堂々とした建物は、ネバダでカジノが合法化され――州の主要産業になったことの証だ。

ザ・ラスト・フロンティアの向こう側に立つエル・ランチョ・ベガスも同様に大きくて豪華だ。そこから半マイル進むと、三つ目の豪奢なカジノホテル――まるでひとつの国のようなエル・カーサ・ランチョが姿を現した。ホテルとカジノの裏手に数十のカバナとキャビンが不規則に立ち並んでいる。マカダム舗装が施された私道や小さな庭園、プール、「ヘルスクラブ」もある。ここでは金を失っても楽しく過ごせる。

ジョニーがエル・カーサ・ランチョの私道に入ると、サムが口笛を吹いた。「すげえところだな。一泊いくらだい？」

娘はサムを無視したままドアを開けた。「乗せてくれてありがとう。あいにくお金の持ちあわせがないの。待っていてもらえるなら……」

「なに、かまわないさ、お嬢さん」ジョニーはくすくす笑った。「いつか、おれたちを車に乗せてくれ」

娘は車からおり、周囲に目もくれずホテルに入った。ジョニーは首を横に振り、円形の花壇のまわりを回った。「まだ少し早いから、とりあえず街で朝食を食べて、ここに戻ってこよう。確かめたいことがある……」

「あの娘にきつく当たっていたな、ジョニー」とサム。

ジョニーは肩をすくめた。「馬を乗りこなせない娘が日の出前に砂漠に出るのが悪い」

「そうじゃなくてさ。離婚がどうとかって……あの娘はここで離婚するつもりなのか？」

「ネバダにはふたつの産業がある」ジョニーは言った。「賭博産業と離婚産業。男は博打を打つために、女は離婚するためにここへやってくるのさ」

第四章

豪華なエル・カーサ・ランチョを少し過ぎたあたりから、ラスベガスの市街地が広がっていた。しばらく走り、車がフリーモント・ストリートに入るや、サム・クラッグが叫んだ。「看板がいっぱいあるなあ！　カジノだらけだ」

ジョニーは顔をゆがめた。「チップを使えるカジノを探すのにちょっと手間取りそうだな」

サムは渋面になった。「冗談じゃないぜ！」

ジョニーは終夜営業のレストランの前に車を停めた。店内の片側にカウンターがあり、もう片側にボックス席が並んでいた。五セント硬貨、十セント硬貨、二十五セント硬貨、五十セント硬貨を使うスロットマシンが壁際のあらゆる空きスペースに置いてある。

ジョニーは含み笑いした。「スロットマシンか」

ふたりはカウンター席に座り、メニューを手に取った。値段はかなり手頃だ。「せめて朝食くらいはうまいものを食べよう」ジョニーが提案し、ふたりはハムエッグとコーヒーを注文した。一人前五十五セントだった。

「締めて一ドル十セント」とジョニー。「ということは、残りは三十五セントか」視線がスロットマシンのほうへ流れていった。

サムが大声を出した。「よせよ、ジョニー！」

「三十五セントでいったい何ができる？」ジョニーはスツールからおり、五セント台のひとつへ向かった。

五セント硬貨を一枚入れ、レバーをおろした。スロットマシンがブーンと音を立て、「フルーツ」が描かれた円筒が楽しげに回転した。チェリーの絵柄が三つ揃ったところで円筒はガタンと止まり、下方にある受け皿に十二枚の五セント硬貨が落ちた。

ジョニーとサムは驚いて顔を見合わせた。ジョニーは無言のまま、五セント硬貨をすくうように取り出し、キャッシャーに持っていった。「これを十セント硬貨と交換してくれ」

六枚の十セント硬貨を手にすると、十セント台の前へ行き、一枚ずつ投入した。十セント台はそれらを飲みこんだだけで、なんの利益ももたらさなかった。

「あのスロットマシンは客寄せ用だな」サムが苦々しく吐き捨てた。

元手が三十セントまで減った。さらに、五セント台に投入した五セント硬貨が消え、朝食代として必要な分と二十五セント硬貨が残った。

「当たりが出そうな気がする」ジョニーはサム・クラッグに告げ、スロットマシンに二十五セント硬貨を入れた。レバーをおろすと、ブーンという音とともに円筒が回転し……ジョニーとサムは無一文になった。

サム・クラッグは大股でカウンターに戻ってスツールに腰かけ、ハムエッグを食べだした。しばらくしてジョニーがサムの隣に座った。ふたりは黙りこくったままレストランをあとにし、歩道わきに停めていた車に乗りこんだ。

「それで」サムが口を開いた。「これからどうする？」

ジョニーはダッシュボードに目をやった。「ガソリンは残り二ガロン。これで走れる距離は四十マイルほどだから、辺鄙な場所で立ち往生することになるな」

「紫色のチップがあるだろ？」

ジョニーは明るい表情になり、ポケットに手を入れ、一組のトランプと紫色のチップを取り出した。

「まだほとんどのカジノは閉まっている。営業しているところから訪ねてみよう。最初は、あの娘をおろしたエル・カーサ・ランチョだ」

手をのばしてイグニッションキーを回し、スターターを踏んだ。モーターが動き、通りの中央でユーターンしようとしたところ、ひとりの男が歩道から車道に飛び出してきた。男は片手を上げ、手のひらをジョニー・フレッチャーのほうへ向けた。

「おまわりだ！」サムが叫んだ。

ジョニーは車を停めた。「乗るかい？」すました顔で尋ねた。警官は私服姿で、上着からのぞく幅広の革ベルトにホルスターが留めてある。

警官がジョニーに近づいてきた。「よそから来たのか？」

「ほんの三十分前に」

「素通りするつもりか？」

「いやいや」とジョニー。「一日か二日滞在しようと思っている」

警官はうなずいた。「そうか、楽しんでくれ。もう通りの真ん中でユーターンするなよ、いいな？」

「了解」ジョニーは答えた。

警官が歩道に戻ったので、ジョニーはふたたびエンジンをかけた。サムはジョニーの隣でほっとため息をついた。「パクられるかと思ったぜ」

「なあに、この街ではその心配はない。ここの連中は、滞在して金を落とす人間に好意的だから」

ジョニーはサード・ストリートを右に折れ、数分後、エル・カーサ・ランチョの正面にのびる広い私道に入った。古いクーペを駐車場に停めると、外に出てホテルの玄関へ向かった。サムはジョニーと並んで歩いた。

ドアマンがドアを開けた。「おはようございます、お客様」彼は挨拶をした。

ジョニーはうなずいて挨拶を返した。「おはよう」

ふたりは広々とした玄関ホールに入った。左手にカジノがある。縦八十フィート、横百フィートを超える部屋だ。さまざまなゲームテーブルが二十台以上あり、どれにもまだフェルトがかけられている。ジョニーは部屋のドアに歩み寄り、中をちらりとのぞいた。壁際に並ぶスロットマシンは百台をくだらない。

「いいねえ」サムに向かって言った。

ジョニーはひき返した。正面の大きなレストランにダンスフロアとバンドスタンドがある。右手のロビーの奥には、コーヒーショップとグリル料理レストランが見える。それぞれの部屋の調度品はすべて、職人の技の粋を尽くしたものだ。絨毯は厚くて柔らかい。

ジョニーは大股でフロントデスクへ向かった。現れたフロント係は四十五歳くらいの背の低い男だった。

「スイートルームは空いているか?」ジョニーは尋ねた。

フロント係は残念そうに首を振った。

「混んでいるのか？　なら、上等なツインルームはどうだい？」

フロント係がまた首を振った。

「シングルルームは？」

「どの部屋も」フロント係はようやく口を開いた。「空いておりません。作業員宿舎さえ埋まっております。満室です」

ジョニーは声を荒らげた。「今日、チェックアウトするやつがいるだろ」

「ええ、おそらく」フロント係は認めた。「ですが、四名の方が、部屋の空くのをお待ちになっています」

ジョニーは微笑しながらカウンターに身を乗り出した。「おい、いいか、おれは世間を知っている。ホテル業にも通じている。不手際はあるもんだ。それを証明するのは難しいがな。あんたが本気で探せば部屋は必ず見つかる」フロント係を意味ありげに見つめた。「十ドル賭けてもいい」

フロント係は鼻を鳴らした。「昨日、ある男性が五十ドル賭けると……」

「いいだろう」ジョニーは歯を食いしばった。「五十ドル賭けよう」

「最後までお聞きください。男性は五十ドル賭けるとおっしゃいました。ですが、賭けに応じることなどできません……」フロント係はうっすら笑みを浮かべた。「本当に空室がないのです」

ジョニーは残念そうに首を振った。「どうしようもないんだな？」

「当方だけではなく、よそのホテルも同様です。モーテルのお部屋なら空いている可能性がございますが、かなり遠くまで移動することになるでしょう。もちろん、お望みならご予約ください。十日ほどいただければ、お部屋をご用意できるかもしれません」

ジョニーはため息をついた。「もう結構」ポケットから紫色のチップを取り出した。「これはおたくで使っているチップか？」

「いいえ、わたくしどものチップは茶色です。つまり五ドルチップが茶色です。二十五ドルチップは黄色です」

「ニックという名の人物を知っているか？」

「ベルボーイのひとりがニックです」フロント係は顔をしかめた。「何かしでかしたのでしょうか？」

「いや。ここに寄るならニックによろしく伝えてくれと友達に頼まれてね」

「今日、彼は昼から勤務につきますが」

「そうか！　じゃあ、昼から夕方までのあいだに来てみるかな」

ジョニーとサムはホテルを出た。車に乗りこみながらサムが声をあげた。「五十ドルも！」

「五十ドルを賭けようとしただけだろ。取られちゃいない。さて、お次はザ・ラスト・フロンティアとエル・ランチョ・ベガスだ」

ふたつのホテルを訪ねたものの、どちらも満室で、紫色のチップを使っていなかった。ジョニーはラスベガスの街に戻った。この日のゲームに向けてカジノが開き始めていた。

ふたりはパイオニア・クラブに入った。通りに面した大きなカジノだ。すでにクラップスのテーブルで熱い勝負が繰り広げられていた。まだ朝の早い時間で、プレイヤーの大半が労働者や郊外の牧場で働く男たちだった。おもに一ドル硬貨を使い、ディーラーのチップラックにはチップが入っていた。その中に紫色のチップはなかった。

ふたりはフリーモント・ストリートの両側に立ち並ぶカジノ――フロンティア・クラブ、ジョーズ・クラブ、マイクズ・クラブ、ピートズ・クラブ、ジェイクズ・クラブを回り、ファースト・ストリート、セカンド・ストリート、サード・ストリート、フォース・ストリート、フィフス・ストリートにあるカジノにも足を運んだ。四つのクラブで紫色のチップが使われていたが、チップのデザインは、デスバレーで死んだ男のチップのものと違った。

ジョニーは行く先々で、ニックは来ているかいと尋ねた。四分の三のカジノで「ニックって誰?」という言葉が返ってきた。

残りのカジノの人々はニックを知っていた。ニック・ブラウン、ニック・ジョーンズ、ニック・スミス、ニック・パパス、ニック・ジェヌアルディ、ニック・シック、ギリシアのニック。

フランス人なら、すっかり気力が萎えたと言うだろう。

「さて」開いているカジノをひと通り回り終えるとジョニーが言った。「こうなったらもう……働くしかない!」

「べつにいいけどよ」サムが尋ねた。「どこで観衆を集めるんだ?」

「人のいる場所と言えば?」

「カジノ……」

「だから?」

サムは叫んだ。「放り出されちまう」

「歩道を使うのは自由だろ」

サムはためらいつつも車まで行き、トランクを開けて本をひと抱え取り出した。本のカバーに豹皮だけをまとうサムの姿が載っている。その上方に配されたタイトルは『誰でもサムスンになれる』。サムは長さ六フィート、幅一インチの鉄鎖も取り出し、ジョニーのもとへ戻った。ジョニーはマイクズ・クラブの開け放たれた玄関の前に陣取っていた。

「ここか？」

「中に五十人いる。そのうち四十五人が出てくるさ」

「そうかな」サムはしぶしぶ上着を脱ぎ、きちんとたたんで歩道に置いた。次にネクタイを外し、シャツを脱いで上着の上に乗せた。見物しようとマイクズ・クラブから出てきたのは三人。それに四人の通行人が立ち止まった。サムは鎖を手に取り、がっしりした胸に巻きつけ、両端を固く結び合わせた。

知ってのとおり、サム・クラッグは――身長五フィート八インチ、体重二百二十ポンドの筋骨たくましい男だ。

ジョニーはサムのからだをほれぼれと眺め、両手を上げた。

「紳士淑女諸君」高らかな声が、フリーモント・ストリートと向かいのマイクズ・クラブの中に響き渡った。「紳士淑女諸君、しばしご注目……」

ジョニーの言葉がとぎれ、早朝に彼がユーターンするのを制止した警官がマイクズ・クラブから飛び出してきて、ジョニーの腕をつかんだ。

「おい、おまえ、何をするつもりだ？」

「ああ、ちょっとした口上を述べるのさ」ジョニーが穏やかに答えた。

「それから？」

「それから、おれの友人、この若きサムスンが胸をふくらませて太い鎖をひきちぎり、それが済んだら、本を一冊二ドル九十五セントで売りたいと思っている」

「路上販売の許可は取ったのか?」

「おや、ラスベガスでは許可が必要なのか?」

「そうだ」

「許可を取るのにいくらかかる?」

「署長が許可するかどうかわからないが。五十ドルか百ドルくらいだろう」

「なら、すべてをなかったことにしよう」

「それがいい。たとえ販売許可がおりたとしても、鎖をひきちぎるなんていうインチキ行為を許すつもりはない」

「インチキだと?　サム、鎖をはずせ」

サムは指示に従った。ジョニーは鎖を受け取り、警官に渡した。「調べてみろ。もし弱い輪があるなら、おれは鎖を食う——塩をかけずに」

警官は鎖を歩道に放った。「どうせどこかに細工しているんだろうが、見つけている暇がないんでね。こういう鎖をひきちぎれるやつなどいない」

「サムはやれる。いつもやっている」

警官は皮肉な目つきでサムを見た。「強いのか?」

「世界最強さ」サムは認めた。

「おれがコンゴで捕まえたムボンゴって名のゴリラはおまえを八つ裂きにできる」

ジョニーは警官に鋭い視線を向けた。「そのなんとかいうゴリラをコンゴで捕まえただと?」

「おれの名はマリガン。覚えているか?　生け捕りのマリガンを?」

ジョニーは警官をまじまじと見た。マリガンは短く笑った。「そうとも、我こそは生け捕りのマリガン。ラスベガスの警官であるこのおれは、八年前、ニューヨークとハリウッドの人気者《トースト》だった。片やおまえはトーストも食えない」

「あんたは本も食えない」ジョニーは言い返した。

「車を持っているだろ。あれを売ったらどうだ」

「金融会社がいい顔をしない」

「おまえの持ち分を売るのは可能だろう……」

「なるほど」とジョニー。「それなら可能かもな」

「もっとも」マリガンはつけ加えた。「おまえが滞納しておらず、かつ、カリフォルニア州から車を持ち出すのを金融会社が許すならの話だが」

「ああ、そうだろうとも!」

マリガンが冷ややかに笑った。「そうさ。おれはネバダ州ラスベガスの警官であって――カリフォルニア州の金融会社の社員じゃないがな」

サムはすでにシャツとネクタイと上着を着終えていた。彼は本と鎖を拾って車まで運んだ。マリガンはジョニーのあとを追った。

「いいか、ミスター。アフリカで野生動物を狩っていたころ、おれはそいつに全身全霊をそそいでいた。おれは何に対しても――同じ姿勢でのぞむ。現在おれは警官だ。それも優秀な。今朝、おまえは交通違反をし、たった今、またもや法を破った。そして街中をうろつき回り、ニックとかいう男を探している……」

「ニックって誰だい?」

「しらばっくれるな、お利口さん。取調室に連行して、おまえの過ちを思い知らせてやろうか。まあ、悪人ではなさそうだから、ひとつ助言をしてやる。東と南にのびる、すこぶる上等な道があるだろ。そのどちらかを通って……」

「車の燃料タンクが空なんだ」

生け捕りのマリガンは顔をしかめた。「おれが一ドルで本を一冊買おう」

「定価は二ドル九十五セントだが」ジョニーは手をのばし、車から一冊取り出した。「まあ……一ドルでいいよ!」

マリガンはすでに一ドル硬貨を用意していた。「これでガソリンを買え」こう告げるとくるりと振り返り、マイクズ・クラブへつかつかと戻っていった。

「なあ」サムは言った。「そんなに悪いやつじゃないな」

「来いよ」とジョニー。

「どこに――?」

「一ドルでできることは何だ?」

サムはジョニーの腕をつかんだ。「やつの助言を無視するのか、ジョニー……」

ジョニーは冷たい笑みを浮かべ、マイクズ・クラブの隣に立つハリーズ・クラブに入った。クラップスのテーブルへ直行し、一ドル硬貨を〈Pass Line《パスライン》〉と記された枠の中に置いた。シャツ姿の大男がサイコロを握っている。男は手の中でサイコロを転がしてからテーブルの端をめがけて投げた。サイコロは緩衝ゴムに当たって跳ね返った。

「七」ディーラーが告げ、ジョニーに一ドル硬貨を一枚配り、数ドルを回収した。大男が再度サイコロを投げた。

「六と一で七」ディーラーが単調な声で告げ、ジョニーの二枚の硬貨の上に一ドル硬貨を二枚置いた。

男がサイコロを投げ、ポイントが八に決定した。彼は二投目で八を出した。ディーラーはジョニーの硬貨の山に四枚の一ドル硬貨を乗せた。

ジョニーは〈Pass Line〉の長方形の枠の中にある硬貨の山を〈Don't Pass《ドントパス》〉と記された枠の中に押しやった。

浅黒い男がすぐさまサイコロを振り、十二を出した。ディーラーはジョニーの十六ドルをレーキで回収し、六枚の青いチップと二枚の一ドル硬貨を配った。ジョニーはディーラーにほほえみかけた。サムがしわがれ声でちゃちゃを入れた。「そんなに賭けるな、ジョニー、賭けるな……」

ジョニーは耳を貸さなかった。男がサイコロを振り、ポイントが十に決まり、その後たちまちセブンアウト（七の目が出て負けること）になった。ジョニーの賭け金は六十四ドルだった。

ディーラーはスティックでサイコロを集め、それに、自分の前にある十二個かそこらのサイコロを加え、それらをすべてジョニーのほうへ滑らせた。

「サイコロです、ミスター」

ジョニーが緑色のサイコロをふたつ選ぶと、ディーラーは残りをひき戻し、問いかけるようにジョニーを見た。ジョニーはうなずいた。

「このカジノの勝負師は」ディーラーが言った。「勝負を続けます」

ジョニーはサイコロを手の中で転がし、投げた。出目は六と五だった。

「勝ちました！」ディーラーは叫び、チップと一ドル硬貨を積み、ジョニーのほうへ押しやった。

「賭け金の上限は二百ドルです」

「賭けよう」ジョニーは十一枚のチップと一枚の一ドル硬貨を取り除き、残りを〈Pass Line〉に押し戻した。サイコロを拾いあげ、無造作に投げた。六と一が出た。

五分後、生け捕りのマリガンがハリーズ・クラブに入ってきた。クラップスのテーブルに近づくと、サム・クラッグとジョニー・フレッチャーに視線を走らせ、ジョニーの前に積まれたチップの山に目を落とした。チップのうち数枚は青色で、大部分は明るいピンク色だ。

「いいところに来たな」ジョニーがチップをかき集めると、一番下に隠れていた一枚の一ドル硬貨が現れた。「この一ドルはあんたのものだ、大将。本はただでやるよ。ありがとな」

マリガンは手にした一ドル硬貨を見つめ、ポケットに入れた。

ジョニーはサイコロをディーラーのほうへ転がした。「そろそろ飽きてきた。現金に換えてくれるか？」

ディーラーがベルを鳴らしてジョニーのチップを積み始めると、ハリーズ・クラブの支配人がテーブルまでやってきた。「こちらの紳士が換金なさいます」

「いくらになるのかな？」支配人は興味なさげに尋ねた。

ディーラーはチップを積み終えた。「千八百と八十です」

ジョニーは手をのばしてピンク色のチップを一枚つまみ、ディーラーに渡した。「千八百と五十五だ」

「ありがとうございます、ミスター」ディーラーはチップをポケットに入れた。

支配人はキャッシャーへ行き、厚さ二インチの札束を持ってすぐに戻ってきた。「またのお越しを」

ジョニーは生け捕りのマリガンのほうを向いた。「一杯おごろうか？」

「そのうちな。街に滞在するつもりなんだろ？」

「部屋が空いていれば」

「どのホテルが望みだ？」

「エル・カーサ・ランチョだが――満室だから……」

「ついてこい」マリガンはこう促して通りに出た。ジョニーとサムはあとに続いた。車に乗るやサムがいきりたった。

「もうおさらばしようぜ、ジョニー。おれたちは今や大金持ちだ……」

「千八百ドルぽっちじゃないか。おれなら一万八千ドルまで増やせる……」

「そんなあ！」サムはわめいた。「やめてくれ。頼むよ、ジョニー！　ネバダは嫌いだ。ニューヨークに帰りたい」

「おれだってそうさ。だが、おれは大金と一緒に帰りたい」

第五章

ふたりはエル・カーサ・ランチョのロビーに入った。サムはまだぶつくさこぼしている。

マリガンはフロントデスクのわきに立っていた。

「ミスター・ビショップに聞いたら、ちょうどキャンセルが出たそうだ」

ジョニーは冷ややかにほほえんだ。「そいつはすばらしい」

「カバナのひとつでございまして、たいへんすてきなお部屋です」ミスター・ビショップが言った。

「さっき、あんたと賭けをすりゃよかった」

ミスター・ビショップは少し目を伏せた。彼がベルを鳴らすと、スペイン風のサテンの制服を着たベルボーイがさっと現れた。「ニック、紳士方を二十四号室にご案内して」

ジョニーは自分とサム・クラッグの名前を名簿に書き記した。生け捕りのマリガンは身を乗り出し、署名を確認した。

「じゃ、またな」

ベルボーイのニックはジョニーとサムの先に立ってカジノを通り抜け、裏の扉から出て車道を横切り、一棟のカバナのほうへ向かった。カバナはバナナのような細長い形をしている。正面にベランダを備えており、扉の数から判断して、三つの部屋で構成されている。

ニックは中央の扉の鍵を開けた。「こちらです」彼に導かれてジョニーは部屋に入った。なかなかお目にかかれない上等な部屋だ。真新しい調度品の数々——二台のベッド——床と壁を彩るナバホ族の鮮やかな織物、白く輝くバスルーム。

「車の鍵をお貸しいただけるなら」ニックは言った。「荷物をお持ちします」

「鍵は車の中にあるが」ジョニーは返事をした。「荷物は中古のスーツケースがひとつだけ。だから気遣いは無用だよ」彼はポケットに手を入れ、ハリーズ・クラブで勝ちとった札束を取り出した。それから、数少ない小額紙幣である十ドル紙幣を一枚抜いた。

ニックの目が輝きを帯びた。「お釣りを持ってまいりましょうか?」

「釣りは九ドルと九十セント」サムがすかさず答えた。

ジョニーは笑みを漏らした。「サムはおもしろいやつでね。この十ドル札はきみのものだ、ニック。きみがいい子なら、もう一枚手に入るぞ」

「いいえ、無理です」とニック。「わたしにはできません。ネバダ州では違法です」

「チップをもらうことが?」

「いいえ——殺人です」

「誰が人を殺せなんて頼んだ?」

「二十ドル払うとおっしゃったから……」

「座れ、ニック。おれはジョニー・フレッチャー。こいつは世界一の強者サム・クラッグ。二、三、質問したい。きみが答えられるか答えられないか、わからないが」

「わたしがお答えできないなら、誰か答えられる者をお探しします、ミスター・フレッチャー」

「そうしてくれ、ニック。ところで、きみの姓は何と言うんだい？」

「ニック・ブリークです。つまらない名前でしょう？」

「人は名前を選べないよな、ニック。さて、この街でこのチップを使っている場所を知ってるか？」

ジョニーはポケットから紫色のチップを取り出し、ニックに渡した。ベルボーイはそれを手の中でひっくり返した。

「はい、もちろんです。ここで使用していました……」

「なんだって！」

「ひと月ほど前に回収し、現在は黄色のチップを使っています」

「今朝早く、フロントでビショップに見せて、ここで使っているかと尋ねたら、いいえと答えたが……」

ニックはにやりとした。「そうですね、使用していません――今は。三、四週間前まで使ってたんです。当然ご存じでしょうが、未回収チップがあるほうがカジノにとって得です。ですが、わたしがこのチップをお金に交換いたします」

「あとで頼もう。しばらく持っていたいんだ。ではニック、ここに泊まっている二十歳か二十一歳くらいの金髪のお嬢さんは誰だい。ラナ・ターナー似の別嬪さん。いや、彼女よりきれいだ……」

「さあ、どなたでしょう。美しいご婦人は大勢いらっしゃいますから。わたしはブルネットの女性が好みですが……」

「……彼女は日の出前に馬に乗って出かけた」

「ああ、そのご婦人はジェーン・ラングフォード――ミセス・ラングフォードです」ニックは西側の壁を指さした。「二十三号室にお泊りです……」

「お隣さんか！」ジョニーは二枚目の十ドル紙幣を抜いた。「きみはもうこの金を手に入れたも同然だぞ、ニック」深く息を吸い、ニックを見据えた。「ニックとは誰だ？」

ニックはきょとんと目を見開いた。「わたしです」

「いかにも。だが、きみはおれの探しているニックじゃない……」

「その方の姓は？」

「不明だ。カリフォルニアの友人から、ラスベガスにいるニックを訪ねるよう頼まれたんだが……」

「姓がわからないのですか？　まいったな、ニックという名の人物はこの街に五十人はいるでしょう。第二コックのニック。ディーラーのひとりは……ニック・フェントン……」

「担当は何だ？」

「ブラックジャックです。前から二番目のテーブルを受け持っています。四十歳前後の小柄な黒髪の男性です。彼は仕事中だと思います……」

「すぐに会ってみよう。いや、ありがとう、ニック」

「ほかにお手伝いできることがありましたら……」

「きみを呼ぶよ！」

ベルボーイが部屋から出ていくと、ジョニーはベッドに腰かけた。「ああ、十八時間だって眠れそうだ……」

サム・クラッグがやってきて、ジョニーを見下ろした。「一度だけ言う、ジョニー……」

「……おまえはまた探偵の真似事をしようとしている……」

「そうだろ。もうよせよ……」

「ニックについて尋ねることを？」

「ああ。ニックとやらは古いトランプがなくても困りゃしない……」

「二十五ドルチップのことを忘れているぞ」

「忘れてなんかないさ、ジョニー。金髪女のことも……」

「ミセス・ラングフォードのことか？」

「あいかわらずだな、ジョニー。殺人と金髪女に目がなくて、そいつをひと絡げにする。で、おれはこてんぱんにされるか、留置所にぶちこまれる羽目になる」

「おまえ、ここんとこ鍛えてないからな」とジョニー。「おまえが二、三度留置所行きになった件について言えば――おれが必ず出してやっただろ？」

「いつもうまくいくわけじゃない」サムは憂鬱そうに言葉を返し、もうひとつのベッドに寝転がった。

ジョニーはバスルームに入り、顔と手を洗った。ベッドルームに戻ると、サムはいびきをかいていた。

ジョニーは頭を振りながら部屋から出た。すぐ外にベルボーイがいた。スーツケースとひと抱えの本を持っている。

「クラッグは眠っている」ジョニーは伝えた。「荷物を中に運んでくれ。音を立てるなよ」

「かしこまりました、ミスター・フレッチャー」ニックは答えた。「フェントンはテーブルについています――今、確認してきました」

「ありがとう」

ジョニーはカジノに入った。まだ早い時間なので、客は四、五十人の常連だけだ。その大半が一台のクラップスのテーブルを囲んでいた。

第六章

ジョニーは五台のブラックジャックのテーブルのほうへぶらぶら歩いていった。背が高く、フェルトで覆われたテーブルはどことなくカバナに似ている——半円形で、内側にディーラーが陣取っている。ニック・フェントンはワイシャツ姿だった。三十代後半のずいぶん小柄で穏やかそうな男である。彼はテーブルにもたれており、プレイヤーはいなかった。ジョニーは高いスツールに腰をおろした。

「やあ、ニック」

ディーラーは会釈し、一組のトランプを手に取り、三回リフルシャッフルをした。ジョニーはこれまで滑らかな手さばきによるリフルシャッフルを見てきたが、それにひけをとらない。次に、ディーラーはトランプの山をぽんと置いてカットし、残り一枚になったときにわかるよう、山の一番上のカードを表向きにしてから一番下に入れた。

ジョニーは札束を取り出した。「賭け金の上限はいくらだ？」

「百ドルです。ブラックジャックが成立したら百五十ドル支払います」

ジョニーは札束から百ドル紙幣を抜き、テーブルに置いた。ニックはそれをひき寄せ、専用の木製ヘラを使って、細長い穴からテーブルの裏にある箱の中に押しこんだ。彼は四枚の黄色のチップをジョニーの前に置いた。ジョニーはチップに手を出さなかった。

ニックはジョニーを探るように見つめた。「百ドル賭けるのですか？」

「かまわないだろう？」

ニックはジョニーに一枚、自分に一枚カードを配り、続いて二枚目をジョニーに配り、自分には表向きに配った。彼のカードは六だった。ジョニーは自分のカードを見た。キングと八だ。ジョニーはチップをカードの上に置いた。ディーラーは裏向きのカードをひっくり返した。十だ。彼はすぐさまヒット（カードを引くこと）し――八が出てバースト（手役の数が二十一を超えて負けること）した。

「十六でも必ずヒットするのか？」ジョニーは尋ねた。

ディーラーはうなずいた。「十六ならヒットし、十七ならスタンド（カードを引くのをやめること）します」チップラックから黄色のチップを四枚すくい、ジョニーのチップのわきに置いた。ジョニーはチップの山のひとつをひき寄せた。

ディーラーはふたたびカードを配った。彼の二枚目のカードは九だった。「以前お会いしたことがありますか？」彼はだしぬけに尋ねた。

「あなたは、わたしを名前でお呼びになった……わたしは百ドルを賭けたプレイヤーをいつまでも記憶しているのですが……あなたのことは覚えておりません」

「おれはジョニー・フレッチャー。きみはニック・フェントンだろ？」

「はい。あなたのことをどうにも思いだせません……」

ジョニーはカードをそっとのぞき、裏返した。「ブラックジャックだ」

ニックはジョニーの四枚のチップのわきに六枚のチップを置き、捨て札をかき寄せた。ジョニーはポケットに手を入れ、紫色のチップを取り出してテーブルに置いた。ニックは首を横に振った。「キャッシャーにお持ちください」

「幸運のチップとしてとっておくつもりなんだ。ある男がくれたのさ……カリフォルニアの……デスバレーで」

「さようですか?」ニックはおざなりな言い方をした。彼はカードを配った。ジョニーは二十、彼は十七だった。そしてジョニーが二度目のブラックジャックを出した。

ひとりの客がふらりとやってきて、ジョニーの隣に座り、一ドル硬貨を置いた。ジョニーは百ドルを賭けて勝ち、客は一ドルを失った。

ジョニーが三度目のブラックジャックを成立させたのだ。

ギャンブルとはこういうものだ。一晩中サイコロを投げても一度も勝てないこともあれば、ブラックジャックで二十連敗したり、二時間ルーレットを回しても勝利に恵まれないこともある。ジンラミー（ふたりで行うカードゲーム）の勝負で六回中三回無得点に終わり、競馬場で本命馬だけに賭けてすっからかんになることもある。

負けない場合もある。スロットマシンに二十五セント硬貨を投入してジャックポットをひき当て、サイコロを投げて十八連勝する。これは確立とは無関係だ。いずれ負かされるが、輝かしいひとときのあいだは負け知らず。それは一日、一週間、あるいは一か月間続く。

ジョニーの運は上昇している。六回ブラックジャックを出し、十四連勝した。その後一回負けたものの、さらに八連勝した。

ジョニーはポケットを黄色のチップでいっぱいにしてブラックジャックのテーブルから離れ、クラップスのテーブルでまるまる二十分間サイコロを投げた。最後の運試しに、五枚の一ドル硬貨を握り、スロットマシンへ向かった。

　二枚目の一ドル硬貨でジャックポットが出た。長身で冷たい目つきの男が一ドル硬貨をかき出すのを手伝ってくれた。「ホンシンガーと申します」男は言った。「ギルバート・ホンシンガーです」

「おれはジョニー・フレッチャー」ジョニーも名乗った。「そのうち、おれの噂があんたの耳にも入るだろう」

「すでに聞き及んでおります。わたくしは当カジノのオーナーです……あなたの黄色のチップを換金してもよろしいでしょうか。どのテーブルでも黄色のチップが足りなくなりそうですので」

「いいとも」

　ホンシンガーのオフィスは檻のようなキャッシャーの裏にあり、広くて豪華なしつらえだ。部屋にある鋼鉄のドアは金庫室に通じている。

　ジョニーは大量の黄色いチップをポケットから取り出していった。ホンシンガーはそれをデスクの上に積み重ねた。よく手入れされた彼の指はすばやい動きを見せた。カードを巧みに操りそうな指だ。

「当カジノの古いチップをお持ちですね」ホンシンガーは黄色のチップの山から紫色のチップを抜いた。「これも換金しましょう」

「いや――とっておきたい。記念として。それか破産するまで」

「よろしければ頂戴したいのですが。未回収チップは少々残っておりますが、そろそろ無効にするかもしれません」

「事前に知らせてくれ」とジョニー。「まだ持っていたい」

　ホンシンガーは肩をすくめ、黄色いチップの山に指を走らせた。「お見事な勝利です。八千と七百と五十五。現金になさいますか、それとも小切手になさいますか？」

「おれの手持ちの現金は二千ドル」ジョニーは返事をした。「もしかまわないなら、八千をここで預かってもらい、あとで受け取る。五百を現金に換え、残りはチップのままにしておく」

ホンシンガーはうなずいた。「それで結構でございます。何かお飲みになりますか？」

「博打を打つあいだは飲まない主義でね」残したチップをジョニーがポケットに入れていると、ドアをノックする音が聞こえた。

「入りなさい」ホンシンガーが応えた。

ドアが開き、引退したレスラーといった風情の男が部屋に入ってきた。「やあ、こんにちは、ウィット」ホンシンガーは言った。「ミスター・フレッチャーと握手したまえ。ミスター・フレッチャー、支配人のウィット・スノウです」

スノウはがっしりした手でフレッチャーの手を取り、ぎゅっと握った。「拝見していましたよ、ミスター・フレッチャー。大勝ちですね」

ジョニーは痛くなった手をひっこめた。「もっと勝つまでやめないよ」

「ここを破産させるおつもりですか？」

「それも可能だろ？」

ホンシンガーがうっすら笑った。「まさか」

ジョニーは彼にウィンクし、部屋をあとにした。ブラックジャックのテーブルにゆっくり戻っていたら、クラップスのテーブルのかたわらに金髪頭が見えたので、そっちへ向かった。

娘は、花柄のワンピースに高いヒールのパンプスという女らしいいでたちだった。左手に白い手袋を持ち、バッグを左肩にかけ、右手の中でふたつのサイコロを転がしている。

ジョニーは娘の隣に割りこんだ。彼女はゲームに集中していて、ジョニーに気づかない。サイコロが投じられ、ポイントが八に決まり、二投目でセブンアウトになった。

「ああもう!」娘が叫んだ。

一ドル硬貨六枚と茶色いチップ一枚が娘の前に並んでいる。サイコロがジョニーに回ってきた。

ジョニーは二枚の黄色いチップを置いた。「おれと賭けをしよう」

娘はジョニーを横目でちらりと見た。唇をぎゅっと結ぶと、五ドルチップをつまみ、手をのばして〈Don't Pass〉に置いた。

ジョニーはくすくす笑いながらサイコロを投げた。七が出た。ジョニーが強運の波に乗っているのを知る六人の客は、〈Pass Line〉にチップと一ドル硬貨をどかどか置いた。ジョニーはチップを四枚置いた。

ジョニーの隣にいる娘は眉をひそめ、ジョニーが負けるほうに二ドル賭けた。

ジョニーはポイントとなる四を出し、百ドルを賭けた。次の出目は三と一で、彼が勝った。ディーラーとアシスタントが意味ありげに見交わした。

「もっと大人になれ」ジョニーはミセス・ラングフォードに告げた。「おれはツイている」

娘は残りの一ドル硬貨四枚をつまみ、〈Don't Pass〉に置いた。ところが、ジョニーがサイコロを手中で転がして投げようとしたら、彼女がさっと手をのばして四ドルを取り戻し、〈Pass Line〉にあるジョニーの賭け金の横に置いた。

ジョニーは勝ち目である十一を出した。「そのままにしておけ。あと二回勝つ」

ジョニーは十二回勝ち、セブンアウトになった。最後の六投のあいだ、ウィットト・スノウはそばにいた。

「勢いが止まりませんね」彼は言った。

「数日後、あんたはおれのもとで働いているだろうな」ジョニーは含み笑いを浮かべた。

ウィット・スノウはかぶりを振った。「いいえ、そうはなりません。わたくしどもは、最後にはあなたをぎゃふんと言わせます。まあ見ていてください」

ジョニーは黄色のチップを積んだ。「二千ある。これを預けた分に加えるようミスター・ホンシンガーに頼んでくれ。遊びまくるための軍資金だ」

ミセス・ラングフォードは八百二十ドル分を換金した。「六週間滞在しているけど」彼女はジョニーに告げた。「勝つのは初めてだわ」

「六週間?」

「あさってになれば」彼女の口調は落ちついている。「わたしは自由の身よ」

ベルボーイのニックがホテルのロビーから入ってきて、ジョニーに会釈した。「こんにちは。ミスター・フレッチャー」それから彼女に告げた。「紳士がロビーにお出でです、ミセス・ラングフォード。ラングフォードと名乗ってらっしゃいます」

彼女は色を失った。青い瞳から光が消えている。ジョニーに視線を向け、ぼんやり告げた。「ちょっと失礼……」彼女はホテルのロビーへ向かった。

ニックが言った。「あなたはここを破産に追いこもうとしているそうですね、ミスター・フレッチャー」

ジョニーは彼に黄色のチップを渡した。「その男は誰だい？」

「ご主人でしょう」ニックは顔をしかめた。「たぶん。あの方がご主人と離婚するとしても不思議ではありません」彼は首を振った。「あの方の役に立てればよいのですが。気品に満ちた方で、そこがよいのです」

「おれも役に立ちたい」とジョニー。「その男が夫なら」きびすを返してカジノを出ると、車道を横切ってカバナの部屋に入った。

サム・クラッグはまだいびきをかいていた。ジョニーはポケットからチップを取り出し、鏡台の上に小高く積んだ。それからバスルームに入って手を洗った。手をふいていると、ふたつのくぐもった声が聞こえてきた。

ジョニーは壁に耳を当てた。声は大きくなったが、まだ聞きとれない。興奮した様子がうかがえる。バスルームから出て、ジェーン・ラングフォードの部屋につながるコネクティングドアに歩み寄った。もうドアに耳を当てる必要はない。ジェーン・ラングフォードの声だ。「時間の無駄よ、ジム。きっと実現させてみせるわ」

「そいつはどうかな」耳障りな声も聞こえた。

突然、ジェーン・ラングフォードが苦しげな悲鳴をあげた。

ジョニーはわずか二歩で正面のドアに達した。ドアをひきちぎらんばかりに開き、コンクリートのベランダ伝いにジェーン・ラングフォードの部屋まで走り、ノックもせずにドアを開けた。

ジム・ラングフォードはジェーン・ラングフォードの手首をつかみ、高く上げたもう片方の手で彼女をたたこうとしていた。ジョニーがドアから飛びこんだ瞬間、その手が空中で静止した。

「おい、やめろ！」ジョニーは叫んだ。

ジム・ラングフォードは妻の手首から手を放した。彼は身長六フィート、体重はジョニーより少なくとも二十ポンド重いだろう。浅黒く、凶暴な顔つきをしている。年恰好は三十五歳前後。ジェーン・ラングフォードのような娘がまず結婚しないタイプだ。彼女はこの男と離婚しようとしている。

ラングフォードはジョニーに向かって歯をむき出した。「いきなり入ってきやがって、なんのつもりだ？」

「レディの悲鳴が聞こえたから」ジョニーは冷静に答えた。

「おまえ、警備員か？」

「あんたにとっては――そうだ」

「こいつは妻だ」

「あさってには妻でなくなる」ジョニーは言い返した。

ラングフォードの目が意地悪そうに光った。「へえ、知ってんのか。おれの後釜を狙っているわけじゃないよな……」

「もしそうなら、どうだというんだ？」

ラングフォードの唇がゆがんだ。「会えてうれしいよ、クズ野郎。さっきからやりたいと思っていたことがあるんだ……」彼はジョニーのほうへ向かっていった。

ジェーン・ラングフォードが前に飛び出した。「ジム――よして！」

「やつにやめさせな――こいつを食らえ！」

ラングフォードは妻をよけてジョニーに殴りかかった。ジョニーはひょいとかがみ、ラングフォードの腹を殴った。たくましい腹部に拳が当たると同時にラングフォードがうめき声を漏らした……続いて、ジョニーが顔の上部に強烈な一撃を受けてうしろへよろめいた。ジム・ラングフォードがぐっと踏みこみ、さらに強打を見舞おうとしたが、ジェーンが彼の腕をつかんだ。

「よしてちょうだい、ジム！」彼女は叫んだ。「わたし、この人が誰なのかも知らないのよ」

「放してやれ」ジョニーはかすれ声を発した。「おれがなんとかする」

ラングフォードは妻の手を振り払った。「じゃあなんとかしてみろ！」ジョニーに飛びかかって右耳を殴り、膝からくずおれたジョニーを蹴りあげた。

ジョニーは追いこまれ、うつぶせに倒れた。耳の奥で轟音が響いている。彼は必死で四つんばいになろうとした。やっとの思いでその姿勢になると頭を振り、ジェーン・ラングフォードとその夫を見た。

ジェーンは鏡台の前に立っていた。性能のよさそうな小型の銃をラングフォードに向けて構えている。

「出ていって」ジェーンが告げた。「でないと、わたしは離婚した女ではなく未亡人になってしまう」

ジム・ラングフォードは荒々しく笑った。「おまえには撃てやしない」

「ドア以外のほうに動いたら、撃つわ」

ジョニーは懸命に立ちあがった。「お嬢さん、おれが片をつける……」つぶやくように告げた。

「そうしな」ラングフォードはあざけり笑った。「またの機会に」ジョニーに向かって軽く頭を下げ、ドアまで歩いていき、ベランダに出た。そこで振り返り、妻に捨て台詞を吐いた。

「離婚についてはあまり期待するんじゃないぜ、愛しい妻よ」彼は姿を消した。

ジェーン・ラングフォードはジョニーに近づいた。「手ひどくやられたわね」

ジョニーはかすむ目をこすった。「あいつに？　ちょっと触られただけさ……」

「目の下が腫れてる」ジェーン・ラングフォードは言った。「部屋に戻って冷たい布を当てたほうがいいわ」

ジョニーはうなずいた。頭の中で蜂がぶんぶんうなっているような感じがする。「またな、お嬢さん……」

ジョニーはドアを抜けて、自分の部屋に入った。正面のドアは開きっぱなしだった。サムはあいかわらず高いびきをかいている。

ジョニーはバスルームに入り、蛇口から出る冷たい水でタオルを湿らせ、顔に当てた。しばらくしてから寝室に戻り、ベッドに身を投げ、眠りに落ちた。

第七章

ジョニーは目を覚ました。フロアランプのひとつが光を放っている。ベッドに起き直り、部屋の反対側を見やった。フロアランプのそばにある肘掛け椅子に生け捕りのマリガンが座っている。夕刊紙〈ラスベガス・ナゲット〉を読んでいたが、ベッドのきしむ音を聞くなり新聞を置いた。

「よう、フレッチャー。誰かにぶん殴られたのか?」

「信じないかもしれないが」ジョニーは答えた。「ドアにぶつけたのさ」彼は顔を触った。腫れはほぼひいている。ジム・ラングフォードに蹴られた胸と同様に痛むものの、眠ったおかげでからだの調子は戻っている。いい気分だった。

「カジノをやっつけようとしているらしいな」マリガンがふたたび口を開いた。

「ちょいとな」ジョニーは返事をした。「今、何時だろう。おれの時計はカンザスシティの質屋に預けてあるんだ」

「あっちはもうすぐ九時、ここは七時」

「ということは七時間寝たわけか」ジョニーはもうひとつのベッドのほうを見た。サムはまだぐっすり眠っているが、いびきはほとんどおさまっている。

マリガンが鏡台の上に置かれた黄色のチップを指さした。「不用心だぞ。ドアに鍵がかかっていなかった」

「危険などないと思って。ラスベガスの警察はすこぶる優秀だと聞いているから」

「誰だって金が欲しい」マリガンが言った。

「あんたもか?」

「六年前に二十五万ドルを手に入れた」

ジョニーはマリガンに鋭い視線を向けた。

「三番目の妻が」マリガンは平然としている。「おれに払った金さ」

「六年間で二十五万ドルを使い果たしたのか?」

マリガンはおもしろくなさそうに笑った。「一年半で食いつぶしちまった。ラスベガスで十万ドルを散財し、それでおしまい。だから、ここで警官として働いている」

「苦い思い出だな」

「そうでもないさ。こうして生きているんだし。おれは大物狙いのハンターだった。本を執筆し、百万部売った。映画を作り、映画スターになった。ストーク・クラブでは決まったテーブルに案内され、一度などはホワイトハウスで週末を過ごした。五千万ドルの財産を持つ女と結婚。ニューヨークに自宅、バーハーバーに小さな別荘、ロングアイランドに家屋敷、フロリダ州に土地、ニューメキシコ州に牧場を所有していた。ほかに手に入れられなかったものなんてあるか?」

「五千万ドルを持たない女」

「すでに手に入れた。四番目の妻だ。あいつは自分で洗濯をする」

「奥さんに会ってみたいもんだ」

「そのうち会えるかもな」マリガンは新聞を折りたたんだ。「おまえの目的は何だ、フレッチャー？ラスベガスで何をする気だ？」

ジョニーはしばし考えた。「昨日の晩、デスバレーを車で走っていたら、ひとりの男に出くわした。男は道路沿いをよろよろ歩いていた……撃たれていた……」

「え？」

「男は死んだ。いまわの際に、これをおれに託して……」ジョニーはトランプの箱と紫色のチップを取り出した。マリガンは立ってそばまでやってくると、彼の手からそれらを受け取った。

マリガンは箱からカードを出し、ぱらぱらめくり、箱の中に戻した。紫色のチップを何度もひっくり返した。「そいつ――デスバレーの男の名は？」

「名乗らなかった」

「どんなやつだ？」

「年齢は五十歳くらい。体重は百四十ポンドってところかな」

「ニックとは何者だ？」

「ニック？」

「そいつについて街中を尋ね回っているだろう」

「まあ、男に頼まれたからな。トランプと紫色のチップをラスベガスにいるニックに届けてほしいと。男はニックのフルネームを告げようとしたが、無理だった」

マリガンは顔をしかめて考えこんだ。「その男が誰なのか見当もつかない、ジョニー――おまえの説明だけでは。ニックという名の男はこの街に少なくとも二十人はいる。もう……捜せるだけ捜したのか？」

「ああ。手がかりはトランプとチップ。あと、このブックマッチ……」ジョニーはそれをマリガンに投げた。

マリガンはブックマッチを見つめつつうなずいた。「だからここに宿泊したのか」ジョニーに品々を返した。「それにしても、なぜそこまでこだわる？」

「デスバレーの男は殺されたんだぞ」

「それはそうだが、警官でもないのに。それとも、おまえは……？」

「おれは本のセールスマンさ。サム・クラッグは――」

サムがベッドをきしませながら起き直った。「なんだ！」

彼は目をぱちぱちさせ、部屋の中をぐるりと見回した。

「よう、サム」マリガンが声をかけた。

「うわあ、もう夜か」サムは叫んだ。それから、だしぬけにぶうたれた。「もうとっくに全部すっちまったんだろ、ジョニー！」

「いいや」

「本当か？　見せてみろ」

ジョニーはポケットから札束を取り出した。「ほら、ここにこうしてある」鏡台を顎でさし示した。「黄色のチップも少し残っている」

サム・クラッグはベッドから飛び出して部屋を横切り、チップをひと掴みつかんだ。「これは五ドルチップか、ジョニー？」

「二十五ドルチップ……」

「ひゃあ、百枚はあるな。ということは」

「ざっと二千五百ドル……」

驚きのあまり、サムの口があんぐり開いた。「アップタウンで儲けた分と合わせると四千五百ドルってことか……?」

「それに一万ドル」とマリガン。「元手は一ドル……」

ジョニーはにやりとした。「好きなだけ取ってくれ」黄色いチップを指さした。

マリガンは首を横に振った。「もらったところでどうしようもないだろ?」

「冗談ぬかしてんのか?」サムがあえぐように言った。

マリガンは口をゆがめて笑った。「おまえならわかるだろう、ジョニー」彼はドアへ向かった。「見回りに行かなきゃ。またあとでな……」

マリガンは出ていった。サムはジョニーのまわりをぐるぐる回った。「おれたちは金持ちだ。ジョニー、金持ちだ!」

「こいつはまだ、はした金だ」

サムはひと握りの黄色いチップをポケットにつっこんだ。「まあ、確かに。十万ドルまで増やそう……」

「忘れたのか。おれが千八百ドル勝ったとき、やめてくれって言ったくせに」

「そうだっけ?」サムは大きな手をこすり合わせた。「しこたま寝たから気分も爽快。外で楽しもうぜ」ジョニーに指をつき立てた。「あの金髪女。ジョニー、おまえさん、彼女に気があるんだろ。ボーイフレンドがいるかもな」

「彼女には夫がいる」とジョニー。「その夫が現れた」

「へえ。離婚するつもりなんだろ?」

「彼女はな。夫のほうは、どうも和解しようとやってきたようだ」

「わか……わかい……何だそれ?」

「夫は仲直りを望んでいるのさ」

「今さら? 妻が別れたくてここに来たっていうのに。まあどうでもいいことだけど、おまえのことだから放っちゃおかないいんだろ?」

ジョニーは顔のあざに触れた。「少しばかりやつと話した……やられちまったが……」

「殴られたのか?」

「殴ったら殴り返された」

サムは喉の奥からうなり声を漏らした。「そいつがいたら教えてくれ」

「もとよりそのつもりだよ、サム」

ジョニーは服を脱ぎ始めた。コートを椅子にかけたとき、ポケットがからだに当たり、その中にある、デスバレーの男から託されたトランプのことを思いだした。トランプを取り出し、パラパラめくりながら裏面を調べた。

サムはジョニーを注視した。「印がついているのか?」

「ついているかもしれないが、どれが印だかわからない」

「製造所で細工することもあるよな?」

「ああ、裏面の模様に手を加えるんだ。このトランプの模様は全部同じにしか見えない」ジョニーはうんざりしてため息をついた。「ブラックジャックでは、客はどれがローカードでどれがハイカードかを知っていれば勝てる」彼は首を振った。「ところが、ディーラーの場合はそうはいかない。ルールがあるから――ディーラーは自分の手が十六以下ならヒットし、十七以上ならスタンドする。これは絶対だ。客の手を知っているかどうかなんて関係ない」

「ディーラーは自分の手が十七なら、客の手が十八だとわかっていてもヒットしないのか？」

「それがルールだからな」

「じゃあ、印をつけたトランプを使ったって意味ないよな？」

「そのとおり――無意味だ」

ジョニーは引き出しを開け、トランプを仕舞った。それからズボンとシャツを脱ぎ、下着姿でバスルームに入ってシャワーの栓をひねり、下着を脱いだ。さっと水を浴び、バスルームから出て服を着た。シャツ以外はさっきまで着ていたものだ。

「あすの朝、服を買おう」ジョニーはサムに言った。

ジョニーは着終えると、サムがシャワーを浴びて服を着るまで待ち、チップをいくつかのポケットに分けて入れた。ポケットがふくらまないようにするためだ。サムもチップを好きなだけ手に取った。

ふたりはカジノに入った。七時半を回ったところで、テーブルにつけないほど混み合っている。イブニングドレス姿の女、タキシード姿の男、牧場で働くカウボーイ、陸軍士官、冷静なギャンブラーたちが集い、レストランからオーケストラの奏でる音楽が聞こえる。

サムはカジノの中を見回し、目を輝かせた。「たいしたところだな！」

「腹ごしらえをしよう」ジョニーは言った。

ふたりはロビーを抜けてレストランへ向かったが、ベルベットのロープが張ってあり、十二人の客が席の空くのを待っていた。ふたりがたたずんでいると、フロント係のミスター・ビショップがフロントデスクを離れ、ふたりのほうへ近づいてきた。

「こんばんは、ミスター・フレッチャー」彼はやけに愛想よく挨拶した。

「おや、こんばんは、ミスター・ビショップ」ジョニーは冷ややかな笑みを浮かべ、ポケットから二枚の黄色いチップを取り出した。「今朝、おれたちは賭けをしたよな……よくよく考えてみたら、勝ったのはあんただ……」

「ありがとうございます、ミスター・フレッチャー。おわかりいただけると思っていました……ディナーの予約をしているとアルバートにお伝えになりましたか？」

「予約なんかしていない……」

「しばらくお待ちください……」

ミスター・ビショップは客たちのあいだをすり抜け、ベルベットのロープの手前でボーイ長に合図した。サムがその様子を眺めつつ不平をこぼした。「おれなら、あいつに五十ドルもやらないぜ、ジョニー……」

「いいじゃないか。今日、ある男が言っていた。誰だって金が欲しいと。ミスター・ビショップは五十ドルが欲しいらしい……ほら……」

ミスター・ビショップが振り向き、ジョニーに合図を送った。ふたりは客たちをかき分けて進んだ。

「ご予約なさったテーブルをアルバートが整えました、ミスター・フレッチャー……」

「ありがとう」ジョニーは言った。

ボーイ長がロープを持ちあげ、ふたりは混雑したレストランに入った。「特等席です」アルバートが告げた。案内されたテーブルとくっつきそうなほど近くにあるテーブルで、ジェーン・ラングフォードが金髪の巨漢と食事をしている。ジョニーは一枚の黄色のチップをアルバートにそっと渡して席につき、ミセス・ラングフォードにほほえみかけた。

彼女はほほえみ返した。「ミスター・フレッチャー、ミスター・ハルトンを紹介するわ」

ジョニーは立ちあがり、若い巨漢と握手した。

「カジノをぶっ潰そうとしている方ですね」ハルトンが声をあげた。「お会いしたかったんです」

アルバートが如才なく尋ねた。「テーブルをおつなぎしましょうか?」

ミセス・ラングフォードは笑顔で賛成した。ジョニーは言った。「おれの友人サム・クラッグのことはもう知っているね、ミセス・ラングフォード……ミスター・ハルトン、彼はミスター・クラッグ……」

「よお、兄弟」サムは巨漢の手を力強く握った。ハルトンの目に驚きの色が浮かんだ。ハルトンがぎゅっと握り返すと、サムはさらに力をこめた。ハルトンはサムに握られている手をひき抜いた。

「どこで握力を鍛えたんですか?」

サムはにやりと笑った。「おまえの握力もガキにしてはなかなかのもんだ」

「ガキ?」

「ミスター・ハルトンは全米代表選手に選ばれたことがあるのよ」ミセス・ラングフォードが言った。

「どこでプレーしていたんですか?」ハルトンがサムに尋ねた。

「おれか？　そうだな、ニューヨークの古代戦車競技場とか、シカゴの闘技場とか……」

「レスリングをしているのさ」ジョニーが説明した。

「僕もレスリングを少々かじりました」とハルトン。「一九三六年に大学対抗戦でヘビー級チャンピオンになって……」

「大学対抗戦ねえ」サムが小馬鹿にしたような調子で言った。

「僕らは楽しみとしてレスリングをしていました」ハルトンは目を爛々とさせながらサムを品定めした。「いつかお手合わせをお願いします」

「いつだっていいぜ。おれはトレーニングを欠かさない……」

ジョニーはミセス・ラングフォードをじっと見つめた。「だいじょうぶか？」

「もちろんよ。ところで、ご気分はいかが？」

ジョニーは肩をすくめた。「悪くない」

彼女はジョニーに目を向けたまま、なんの脈略もないことを話し始めた。「チャックが――ミスター・ハルトンが、あなたが来るまで必勝法を教えてくれていたの。わたしが今日の午後の勝負について話したから……」

ハルトンがサムから視線を外した。「ミスター・フレッチャー、もしよかったら必勝法を教え合いましょう」

「必勝法があるのか？」

「ありますとも。僕はそれを試すためにここにいるんです」ハルトンは胸ポケットから折りたたんだ紙を出して広げ、テーブルの上に置いた。レターサイズの紙で、数字がびっしり書きこまれている。

「名づけて従騎士戦法」ハルトンは続けた。「絶対確実な方法です」

「どういうものだい？」

「ええと、おわかりでしょうが、その時々の状況に応じて賭け金を変えるんです。負けたら賭け金を増やし、勝ったら減らす」

ジョニーは考え深げにうなずいた。「今の時点でいくら儲けてるんだ？」

ハルトンは少し顔を曇らせた。「じつは、まだ儲けは出ていません……」

「損してるのか？」

「ほんの数百ドル。必勝法を使い始めてまだ四日ですから。最後には勝ちます」

「そうだろうとも」

ハルトンは咳払いをした。「僕の必勝法をどうぞ試してください」

ジョニーは手を振って断った。「おれは、おれ独自の方法でやる」

「その方法とは？」

「サイコロを投げ続ける」

「え？」

「それだけだ」

「どういう意味ですか？」

「そいつがおれの方法だ。サイコロを投げ続ける。おれはサイコロを投げ続けて勝った。そうだろう？」

「ええ、確かに。きっと賭け方にコツがあるんでしょうね」

「もちろんさ。金を置き、サイコロを投げ、金をいただく」

ハルトンが顔を赤らめた。「あなたが教えたくないのなら……」

「教えたじゃないか。やることはこれだけ――金を置き、勝ち金をいただく」

「それを方法と呼べますか？　あなたはただ……ツイているだけなのでは？」

「まあな！」

「今日の午後、五万ドル儲けたんですか？」

「五万ドル？」

「違いますか？」

ジョニーは咳払いをした。「まあそのくらいかな」

「わたしは八百ドルを手に入れたわ」ミセス・ラングフォードが会話に割りこんだ。「言ってみれば――勝ち馬に乗ったわけね」

「馬に乗るといえば」とジョニー。「きみの馬はちゃんと戻ったのかい？」

「ええ」

「なら、また朝から馬に乗るつもり？」

「いけないかしら？　あと二日しかないのよ」

ハルトンがおもしろくなさそうな表情で彼女を見つめた。「ラスベガスとおさらばできるから嬉しいんだろ？」

「嬉しくないわけないでしょ？　自由になるんだもの……」

ウェイターがシャンパンのボトルを持ってきた。「ミスター・チャッツワースからです」

「チャッツワース？」ジョニーは声をあげた。「チャッツワースという名の知り合いはいない……」

「シャンパンをこちらのご婦人に」ウェイターが告げた。

ミセス・ラングフォードがほほえみながら、ジョニーの後方にいる誰かに会釈した。ジョニーは椅子に座ったまま振り向いた——四十代後半の血色のいい男が三つ先のテーブルについている。ジョニーが見ていると、タキシード姿のその男が席を離れてやってきた。

「ややこしくなってきやがった」ジョニーは苦々しげに言った。

第八章

チャッツワースはやってくるなり、ミセス・ラングフォードの手を取った。手にキスするつもりかなとジョニーは思ったが、チャッツワースは彼女の手を両手で包むだけにとどめた。「失礼だったかな?」彼は満足そうだった。

若きハルトンが喉の奥からうなり声を漏らした。

「いいえ、ミスター・チャッツワース」ミセス・ラングフォードが答えた。「うれしいわ……ミスター・ハルトンをご存じかしら?」

「もちろんです」チャッツワースはそっけなくうなずいた。

「こちらはミスター・フレッチャーとミスター・クラッグ」

チャッツワースはジョニーに手をさし出して握手し、サムに対しては、出しかけた手を止め、ただ会釈した。「こんばんは、皆さん」

「まあ座れよ」サムが促した。

「かまいませんか?」チャッツワースがミセス・ラングフォードに尋ねた。

彼女は首を縦に振った。ところが椅子がない。そこで、シャンパンを運んできたウェイターが、チャッツワースが離れたばかりのテーブルに戻り、彼がさっきまで座っていた椅子を持ってきた。

ジョニーはテーブル越しにハルトンを見つめた。「恋敵か?」

ハルトンは渋面を作った。

サム・クラッグはとっさに会話の進行役を買って出た。ミスター・チャッツワースに愛想よくほほえみかけた。

「あんたの飯の種は何だい?」

ミスター・チャッツワースの目に困惑の色が現れた。「何とおっしゃいましたか?」

「飯の種——仕事は何だい?」

「ああ、ええと、わたしは——わたしは保険業にたずさわっています」ミスター・チャッツワースはつかえながら答えた。

「生命保険を売ってるのか?」

ハルトンがげらげら笑ったので、サムは彼をにらみつけた。「おれ、おかしなことを聞いたか?」

「ミスター・チャッツワースは」ジェーン・ラングフォードがなんとか会話をつないだ。「ミッドウエスト・インシュアランス・カンパニーの社長よ。大手の……」

「へえ」サムは平然としている。「昔、おれもあの会社の保険証券を持ってたぜ」椅子をミスター・チャッツワースのほうへ寄せた。「会えてうれしいよ。あんたの会社にちょいと物申したい。おれは一度、十二ドルの保険料を払い、その後、保険料を払えなくなった。そしたら契約を解除された。チャッツワース、おたくでは顧客をそんな風に扱うのか?」

ミスター・チャッツワースはまっ赤になった。「状況がわかりませんので、ミスター・スラッグ……」

「クラッグだよ！」

「……ミスター・クラッグ」

「まあ、状況はどうあれ、十二ドル払ったのに恩恵は皆無。これだから保険会社はみんなに嫌われるのさ」

「一筆書いていただければ」ミスター・チャッツワースはぎこちない口調で言った。「全額……十二ドルが返金されるようとり計らいます」

「利子はどうなるんだ？」

「ミスター・クラッグ」ミセス・ラングフォードが言葉を挟んだ。「あなたってとても愉快ね。でも冗談はほどほどに……」

「冗談だって？」サムが声を張りあげた。「おれは文句を言ってる……」

「今はふさわしい時じゃないわ……」

ハルトンが割って入った。「保険に入っている人にとっては、あらゆる時がふさわしい時だ。保険屋はいつでも――どこでも人を困らせる。保険屋が問題の解決をつねに求められるのも当然でしょう？」

「あの」チャッツワースが大声をあげた。「わたしは、こちらの男性と同様に冗談が好きですけれど……その、何と申しますか……なぜ、わたしが茶化されるのか理解に苦しみます……」

ベルボーイのニックが現れ、腰をかがめてジョニーに耳打ちした。「ミスター・フレッチャー、今よろしいですか？」

「何事だ？」

ニックが眉をあげた。ジョニーは立ちあがった。「ちょっと失礼……」

ジョニーはニックのあとについてドアまで行った。ニックがさらに進もうとしたため、手をのばしてニックの腕をつかんだ。「おいおいニック、まさか例の件じゃないよな……」

「いいえ、ミスター・フレッチャー。あの件についてです」

ジョニーはニックと一緒にホテルのロビーを通り、カジノに入った。一ドル硬貨用のスロットマシンのそばでニックが立ち止まった。「カバナに戻ってください、ミスター・フレッチャー。ただし、中に入らないでください。わたしが行くまで」

「なあ、坊や。おれはまだ夕食にありついてない……」

「部屋の中にあるものを見たら、食べる気も失せますよ……」

ジョニーはいら立って語気を強めた。「まるで、おれの部屋に死体でもあるような口ぶりだな……」

「あるんです……」

「え！」

「ですから、一緒にぬけ出すところを人に見られるとまずいでしょう、ミスター・フレッチャー。あなたはここを通ってください。わたしはフロントデスクのほうへ回ります……」

ジョニーはベルボーイを鋭く見つめてから、無言のままカジノの人混みの中を進んでいった。

裏手のドアから出て道路を渡り、カバナの二十四号室へ向かった。ベランダにあがると、かつかつと速い足音が背後から聞こえてきた。振り向くとベルボーイのニックの姿があった。

「よし」ジョニーは短く言った。「では、何がどうなっているのか確かめよう」

ジョニーがドアを開けようとすると、鍵がかかっていた。ニックがジョニーのわきをすり抜けた。

「わたしが開けます」ニックは錠に鍵をさしこんで回し、ドアを内側に押し、探り当てた照明のスイッチをパチンと入れた。

ジョニーは部屋に足を踏み入れた。ニックもすぐあとに続いた。一見したところ、室内に変わった様子はなかった。床に視線を移すと——ふたつのベッドのあいだから、茶色のズボンをはいた二本の脚がのびているのが見えた。

ジョニーは手前のベッドをすばやく回りこみ、死体の顔を見下ろした……彼の腕の中で息絶えたも同然のデスバレーの男だ。

凝視するジョニーの脳裏にいくつもの考えが駆けめぐった。しばらくしてから、ジョニーはおもむろに振り返り、ニックの聡明そうな顔を見た。

「男は撃たれています」ベルボーイは静かに告げた。

「こいつは誰だろう?」

「ご存じないのですか?」

ジョニーは首をゆっくり横に振った。ニックが彼のそばに歩み寄り、震える息をつき、死んだ男をちらりと見下ろした。「この十分間、この男が誰なのかをずっと考えています。見覚えがあるのですが、どうにも思いだせません……」

ジョニーはドアまで行って掛け金をかけ、部屋のふたつの窓のブラインドが窓敷居までおりているのを確認した。ベルボーイのほうへ戻った。

「よし、ニック、少し話そう」

ニックはベッドの端に腰かけたが、顔をしかめながらすぐに立ちあがり、椅子のほうに移動した。

「はい、ミスター・フレッチャー。そのために秘かに来ていただいたのです。さっきお話したように、わたしはここに入り、この男を発見し……」

「ちょっと待て、ニック。ここに入ったのか……なぜ？」

「呼ばれたからです」ニックは自分の時計を見た。「今は八時二十三分。八時二分前に部屋に入りました……」

「誰に呼ばれた？」ジョニーは険しい表情で尋ねた。

「わかりません。ボーイ長から電話で呼び出され、二十四号室に行けと指示されました。わたしはこの部屋に到着して、ドアをノックしました。けれど返事がありません。どうも奇妙なので、鍵を開けて入ったら――なんと！」

「ベルボーイは全員、客室の合鍵を携帯しているのか？」

ニックの顔にかすかな笑みが浮かんだ。「賢いベルボーイはすべて」

「なるほど。ニック、きみは賢い。だからきちんと話してくれ。ボーイ長がここに来るよう指示したんだな。そいつはどんなやつだ？」

「ビル・ヘイズ。無能で不実な卑怯者です」

「きみとそのビル・ヘイズとやらは、仲がいいわけではないようだな」

ニックはぺろりと舌を出し、腹の底から息を吐き出した。そのとき発せられた耳障りな湿った音は、ビル・ヘイズに対する彼の気持ちを表していた。「彼のことだから、死体があるのを知ったうえで、わたしをここに来させたのかもしれません」

ジョニーは目をぱちくりさせた。「どうしてそう思う？」

「さあ。わたしを陥れようとしているのでしょうか」

ジョニーは眉間にしわを寄せた。「フロント係は通常どんな対応をするんだい？　まずボーイ長に電話をかけ、次にボーイ長が電話の内容をベルボーイに伝えるのか？」

「お客様がフロント係に直接電話なさった場合はそうします。でも、普通、お客様はオペレーターに電話なさり、オペレーターがベルデスクに連絡します」

「ヘイズは二十四号室から電話がかかってきたと言ったのか？」

「はい」

「おれの――つまり電話の主の用件は何だったんだろう？」

「うーん、彼はただ、二十四号室のお客様がベルボーイをお呼びだとしか言いませんでした。わたしはノックしても返事がないので、てっきり……」ニックは咳払いをした。「ツキに恵まれたあなたがどんちゃん騒ぎをして、酔い潰れたのだと思いました。それでドアを開けたら――なんと！」

「なんと！」ジョニーは言葉を繰り返した。「そうだったのか。きみが何を発見したのかヘイズに話したのか？」

「わたしを馬鹿だとお思いですか？　ミスター・フレッチャー、あなたはわたしを信用してくださった。ですから、ともかくあなたにお知らせし、真相を確かめようと思い……まずカジノであなたを探し回りました。それからダイニングルームに行き、あなたを見つけたんです」ニックはひと呼吸置いた。「じっとしているわけにはいきませんよね？」

「どこかへ行くのか？」

「死体を放置するわけにはいかないでしょう？」

「警察に通報する――当然だ……」

ニックは身震いした。「この街の警察は容赦ありません」

「それはしかたない。ほかに道はないだろ？」

「裏手の窓の向こうに砂漠が広がっています。砂漠に捨てるという手もあります」

「おれが犯人なら、そうするかもな」

「つまり――あなたは殺してないのですか？」

「おれが殺《や》ったと思ってるのか？」

ニックは肩をすくめた。「わたしはどうであろうとかまいません」

コンクリートのベランダを歩く足音が聞こえ、続いて拳でドアをたたく音がした。ニックは膝をがくがくさせた。顔が青ざめている。

「まずいぞ《サファリング・スージー》……！」

ジョニーはドアに近づいた。「誰だ？」彼は尋ねた。

「おれだよ――マリガンだ」ドアの外から返事が返ってきた。

「ああ、なんてこと！」ニックがあえぐように言った。

ジョニーはニックに皮肉な視線を向けた。「容赦ないやつだよな？」

「誰よりも。わたしも捕まってしまう……」

ジョニーは掛け金を外し、ドアを開けた。生け捕りのマリガンが部屋の中に入ってきた。「さっきちょっと話した件について、つらつら考えてみたんだが」マリガンはそう言いかけて、ベッドのあいだからのびる二本の脚に気づいた。

「驚いただろ」とジョニー。

生け捕りのマリガンはジョニーのわきをすり抜け、ベッドのあいだに立った。死んだ男を見下ろし、ゆっくり首を振った。「うん、いささか驚いたよ、フレッチャー……」

「おれもだ――二分前に部屋に入ったら、死体が転がっていた」

「警察に連絡したのか？」

ジョニーはかぶりを振った。

「なぜ？」

「まだ来たばかりだぜ」

「銃はどこだ？」

ジョニーは小首をかしげた。「男を触ってみろ、マリガン」

マリガンは片膝をつき、死体の脚に触れ、ぎゅっとつかんだ。彼は立ちあがった。「不可解だ。ほんの一時間くらい前まで、おれはここにいた」

「死んでから二十四時間たっている。昨日のちょうど今ごろ、息をひきとった……」

マリガンはベルボーイのニックをしばらく見つめた。「ここで何をしてるんだ、ニック……」

「あの、わたしは、その、ミスター・フレッチャーと一緒に来まして……」

「おれが用事を頼むつもりだった」ジョニーが助け舟を出した。

「どんな用事？」

「車にガソリンを入れてもらおうと思ってね。それで鍵を取りに来た……」

「鍵は車の中にあるだろう」マリガンがぶっきらぼうに言った。「ずっとな。おれはここにいたから、知ってるんだ」

「あれ、そうだったかな」

「忘れたのか？」

「ああ。ポケットの中にないから、てっきり部屋に置いてきたんだと思って、一緒に来てくれとニックに頼み……」

「もういいです、ミスター・フレッチャー」ニックが言った「彼はビル・ヘイズから事実を聞き出すでしょう」マリガンがうなずいた。「ミスター・フレッチャーはただ、わたしを助けようとしただけです。わたしがミスター・フレッチャーをここに連れて来ました。二十四号室から電話があったから部屋へ行けとボーイ長に指示されました。ノックしても返事がないので、中に入り――」

「施錠されてなかったのか？」

ニックはごくりと唾を飲んだ。「は、はい……いいえ。合鍵を使ってドアを開けました。そして死体を発見し、すぐにミスター・フレッチャーを探しに行きました……」

「おまえの雇い主はホテルじゃなくて彼なのか？」

ニックがポケットに手をつっこみ、黄色のチップを取り出した。「ホテルがこんなにチップをはずんでくれますか、警部？」

生け捕りのマリガンはうなり声をあげた。「せっかく力になろうとしてるのに、フレッチャー」彼はニックに向かって言った。「男を見ろ」マリガンは死んだ男を指さした。

ニックは嫌々ながら慎重な足取りでベッドのあいだに入った。視線を落とし、それからマリガンを見た。「見覚えのある顔ですが、誰なのか思いだせません……」

「もう一度見てみろ」マリガンは促した。

ニックは従い、顔をしかめながら後ずさりした。「やはり思いだせません」

「顔がもっとふっくらした、四十ポンドほど太った男の姿を想像してみろ」

ニックは床に視線を戻し、叫んだ。「ハリー・ブロスだ！」彼の顔に浮かぶ困惑の色が濃くなった。

「数週間でこんなにげっそりするものでしょうか？」

「おまえが説明しろ、フレッチャー」

「おれが？　おれは昨日初めてこの男に会ったんだぞ」

「どこで？」

「デスバレーだ。さっき話しただろ……」

マリガンはそっとうなずいた。「デスバレーなら、人間が一日で五十ポンド痩せることはありえる。脱水状態になるからな。彼の服はだぶだぶだ。気づいたか？」

「ああ。最初に遭遇した時点で、すでに惨めな姿になり果てていた。まるでトビネズミさながらだ……こいつは何者だい？」

「ディーラーです。二週間ほど前まで、ここでブラックジャックを担当していました」

「なぜデスバレーを歩いていたんだろう？」

「おまえなら理由を説明できるんじゃないか、フレッチャー」生け捕りのマリガンはいったん言葉を切ってから、穏やかな調子で続けた。「ここに死体を運んだわけも……」

「おれが死体をデスバレーからラスベガスに運んだって言うのか？」

「死体がここまで来る方法がほかにあるか？」

ジョニーはニックを指さした。「なあニック、今朝おれがチェックインしたとき、きみは車からおれの荷物を取り出したよな。違うか?」

「ええ、取り出しました、ミスター・フレッチャー」

「荷物は車のどこに入っていた?」

「トランクです」

ジョニーは生け捕りのマリガンにほほえみかけた。「ニック、トランクにほかに何が入っていたかをこちらの紳士に教えてやってくれ」

「あの、何も入っていませんでした」

「死体も?」

「もちろんです」

マリガンは肩をすくめた。「じつは、おれもトランクの中をのぞいた。デスバレーでおまえが会った男がこいつなら……」

「こいつだ」

「……どうやってここまで来た?」

「おれの知ったことか、マリガン」

マリガンは静かに毒づいた。「こいつがデスバレーにとどまっていればよかったのに。そしたら、頭を悩ます羽目になるのはカリフォルニアの警察だった……」

「死体を元の場所に戻したらどうだ?」とジョニー。マリガンはむっとしてジョニーをにらんだ。

「おれはおまえを助けようとしてるんだぞ」

マリガンは電話へ向かった。「協力したいのなら、一時間ほど部屋を空けろ」受話器を取った。「本署につないでくれ」

ジョニーはためらった。「どこで待てばいいんだ？」

「おまえが必要になったら探す」

「そうか。街を見て回ろうと思っているんだが……」

「どうぞ。おまえがどこにいようと五分以内に探し出せる……」

ジョニーはニックと連れ立って部屋をあとにした。「本当かな？」ジョニーはベルボーイに尋ねた。

「五分以内にあなたを探し出すということですか？　本当でしょう。街のどの施設にも警官が常駐しています。外には郡の保安官代理もいます。施設が彼らの給料の半分を払い、郡がもう半分を払います。ラスベガスは大都市ですから……」ニックは横目でジョニーを見た。「わたしは正しい行動をしたのでしょうか、ミスター・フレッチャー？」

ジョニーはにやりと口をゆがめた。「ああ、ニック。ところで、ちょっと頼まれてくれないか……」

ニックはうれしそうに手をすり合わせた。「なんなりと、ミスター・フレッチャー。おっしゃってください」

「ジェーン・ラングフォードの夫のことだが。やつの居場所がわかるか？」

「このホテルではありません。彼がラスベガスで一晩過ごすつもりなら――宿をとっているはずです。三十分で宿泊先をつきとめます」ニックはジョニーがさし出した黄色のチップを受け取った。「今日はニック・ブリークにとってまちがいなく特別な日です」

ジョニーはニックの肩をぽんとたたいた。「おれと一緒に波に乗れ、ニック。おれはツキに恵まれている。ツキが続くなら、働かずに暮らすのも夢じゃない……」

第九章

ふたりはカジノに入り、ジョニーは人混みを縫ってクラップスのテーブルまで行った。サムをはじめ、さっきまでディナーをともにしていた面々が二番目のテーブルについていた。若きハルトンは、必勝法を書いた紙をすぐ見られるよう手に持っている。彼の左側にジェーン・ラングフォードが、右側にチャッツワースが立っている。チャッツワースを挟んで反対側にサムが陣取っている。サムの右隣にいる赤毛の女は美しく、イブニングドレスの上に長いミンクのストールをまとっている。サムは手の中でサイコロを転がしていた。

サムはサイコロを数秒間仰々しく転がすと、赤毛の女の手に握らせた。「幸運を祈って転がせ、レッド《赤毛の人》！」

女は笑いながらサイコロを転がし、サムに返した。サムがそれを投げた。

「八」ディーラーが単調な声で告げた。

「ポイントは八！」サムは声を張りあげた。

ジョニーはチャッツワースとサムのあいだに割りこんだ。八が出ると予想し、黄色のチップを投げるように置いた。「おまえが勝つほうに二十五ドル賭けるよ、サム」

「ジョニー！」サムが叫んだ。「どこにいたんだ？」

「死体の件でちょっと……順調か？」

「百五十ドルすっちまった。けど、こいつを手に入れた……」サムは赤毛の女の腕をつかんだ。「ジェーンの女友達なんだ。レッド、おれの友人ジョニー・フレッチャーと握手してくれ。ジョニー、彼女の名前はレッド……」

「モリーよ」赤毛の女が笑った。「モリー・ベンソン」

「挨拶は後回しだ」とジョニー。「サム、おまえのせいでゲームが中断している」

サムはサイコロを投げた。

「七」ディーラーが告げた。

「残念」ジョニーは、スティックマンが彼のほうへ押しやったいくつかのサイコロの中からふたつ選んだ。「おれに任せろ、サム」

「よし、頼んだぞ。これでおれにも運が向いてくるかな」サムははっと息を吞んだ。「どういう意味だよ――死体の件って？」

ハルトンがテーブルに身を乗り出し、チャッツワースとサムのあいだにいるジョニーを見た。「あなたの必勝法を使うんですか？」

「ああ」ジョニーは〈Pass Line〉にチップを八枚置いた。「まあ見てな」彼はサイコロを手の中で転がし、投げた。七が出た。

スティックマンがジョニーのチップの横に八枚のチップを置き、チップの山のひとつをひっこめるよう合図した。ジョニーはふたたびサイコロを投げた。ポイントが十に決まると、彼は百ドルを狙って二投目を投げ、勝利した。

「運だ」とハルトン。「たんなる運だ」

「勝ち馬に乗るほうがいいぜ」

ハルトンはかぶりを振った。「やめておきます」

「乗るわ」ジェーン・ラングフォードが声をあげ、ミスター・チャッツワースに向かってうなずいた。

「あなたはどうする？」

「そうだな、一ドル賭けてみようかな」チャッツワースは答えた。

「あんた、そんなに出せるのか？」サム・クラッグが言った。

ウィット・スノウがジョニーの背後から近づいてきた。荒い息を吐いている。ジョニーは彼にウィンクしてからサイコロを投げ、まず十一、次に七を出した。

「少しお話ししてもよろしいですか？」スノウが尋ねた。

「ああ、いいぜ」

スノウは咳払いをした。「こちらへどうぞ……」

フレッチャーはチップを集め、スノウのあとについてスロットマシンのほうへ行った。「ボスは」スノウが言った。「つまりミスター・ホンシンガーは、あなたがブラックジャックへ移るのを望んでいます」

「なぜ？」ジョニーは驚きをあらわにした。

スノウは苦い表情を浮かべた。「その、現在カジノは満員でして。まあ、人の性《さが》とでも申しましょうか。クラップスでは、連勝している人に誰もが便乗しようとします。そうしますとカジノは大損をこうむります」

ジョニーは軽く口笛を吹いた。「ブラックジャックでは便乗できない」

「そうです。ミスター・ホンシンガーとしては、お客様が連勝するのはかまわないのです――いい宣伝になりますから。とはいえ、クラップスのテーブルで三十人があなたに便乗していて、あなたの勢いは止まらない。このままでは、カジノは四万ドルから五万ドルをあっという間に失いかねません。おわかりでしょう」

「わかるよ、ウィットくん。ただ、今夜はどうも、ブラックジャックという気分じゃない。サイコロがもっとツキを呼んでくれそうなんだ……」

「それでは、ザ・ラスト・フロンティアへいらしてみては？　あるいはエル・ランチョ・ベガスへ。どちらもすてきなところです」

「そうだろうとも。だが、おれの泊まる場所じゃない」

スノウはため息をついた。「千ドルさしあげますから、プレイをやめていただけませんか？　今夜だけ」

「やめない」

「おい、おまえ」スノウは礼儀を忘れて言った。「あくまで続けるつもりか？」

ギルバート・ホンシンガーがカジノの裏手から現れた。視線をジョニーに向けている。「ミスター・フレッチャー」彼は近づきながら話し始めた。「あなたのお部屋からまいりました……」

「おう、そうか」ジョニーはすぐさま言葉を返した。「ちょうど部屋について文句を言いたかったんだ。部屋に死体が投げこまれるという事態には不慣れなもんで……」

「死体！」ウィット・スノウが叫んだ。

「死体だ……」

「ハリー・ブロスの死体」ホンシンガーが言った。

スノウの歯のあいだから息が漏れた。「ブロスが……死んだ……！」

ホンシンガーはオフィスのほうへ頭を傾けた。「入ってくれ、ウィット。あなたも、ミスター・フレッチャー」

ジョニーはふたりのあとからオーナーのオフィスに入った。ホンシンガーはドアをそっと閉めると、くるりと振り返ってジョニーと向き合った。「さて、もしよければ、フレッチャー――話してもらいたい」

「マリガンから何も聞いてないのか？」

「彼の話によると、おまえはデスバレーでブロスに会った。彼の死ぬところを見た」

「なぜ――誰のしわざですか？」スノウはかすれ声で尋ねた。

ホンシンガーは黙るよう身振りで示した。「ブロスは二十四時間前に死んだとマリガンは言った。事実か、フレッチャー？」

「ついさっきまで、おれはミスター・フレッチャーだったのに」

「これは冗談事じゃない」

「誰が冗談事だと言った？」

ホンシンガーはきらりと目を光らせた。「いいか、フレッチャー、おまえは小金を稼いだにすぎない。わたしはこれまでの人生で大勢の人間を見てきた。大物も切れ者も。初めて見た瞬間、わたしはきみがどんな人間か見抜いた」

「それを言うならおれだって」とジョニー。「いくらかの人間を見てきた。なるほど、あんたはこのカジノホテルを所有している。およそ百万ドルの価値のある代物を。だが、五年前は何をしていた？ 十年前は？」

「シカゴで移動クラップスをとり仕切っていた」ホンシンガーは短い笑い声を立てた。「よし、これでわたしたちはお互いを知った。さて、ブロスの件だが……」

「ここで働いていたそうだな」

ホンシンガーはうなずいた。「これまでわたしが雇った中で、最高のブラックジャックディーラーだった。監視する必要がなかった」

「じゃあ、どうして解雇した？」

「解雇などしていない。ある日、ふっと姿を消した。何も告げずに」

「いつ？」

「二週間前」

「給料を受け取らずに？」

「月の初日だったから」

「おい、だったら、いなくなったのは十七日前ということになる。今日は十七日だから」

「それなら十七日前だ」

「三日。この違いは大きい。三日もあれば国を横断できる」

「はぐらかすな、フレッチャー」とホンシンガー。「わたしが知りたいのは、おまえがブロスに会った経緯だ」

「だからここに来たのか?」

ジョニーは笑った。「道沿いのカジノホテルの中で一番でかそうだったからさ」

「マリガンの話では、今朝、おまえは文無しだったそうだな」

「それで思いだした。ここでおしゃべりをしていたら、金が逃げちまう。クラップスのテーブルに戻りたいんだが……」

ウィット・スノウが割りこんできた。「千ドルを渡すからプレイを控えてほしいと頼みました、ボス」

ホンシンガーは問いかけるようにジョニーを見た。ジョニーはほほえみながら首を横に振った。

「おれは断った」

ホンシンガーは低くうなった。「おまえは負け知らずだ、フレッチャー。本物のゲームに参加してみないか?」

「どんなゲーム?」

「賭け金に上限がないゲームだよ」

「二百ドルという法的上限があるだろう?」

「公の場ではそれが上限だ。わたしたちは時々、内輪でちょっとしたゲームを楽しむ。参加するのはライリー・ブラウン。それから、シカゴの保険業者の……

「チャッツワース?」

「彼を知っているのか?」

「ディナーをともにした。あいつはクラップスで一ドルしか賭けなかったぞ」

ホンシンガーは微笑を浮かべた。「先日の夜、彼は八千ドルを手に入れたよ」

「それだけ稼いだのか？」

「こつこつと」

「そのゲーム、どこでやるんだ？」

「十二時過ぎから、わたしのアパートメントで」

ドアが開き、ベルボーイのニックがひょっこりと顔を出した。ホンシンガーが怒鳴った。「ノックくらいしろ」

「はい」ニックは何食わぬ顔で開いたドアをノックした。「ミスター・フレッチャー、お仲間がザ・ラスト・フロンティアへ向かわれました。あなたにお伝えするよう言付かりました」

「クラッグも一緒か？」

「そうです」

フレッチャーはスノウに向かってにやりとした。「千ドルを使わずに済んだな」チップをポケットからごっそり取り出し、ホンシンガーのデスクにどんと置いた。「ザ・ラスト・フロンティアで現金が必要になるかもしれない」

ホンシンガーはこのやりとりが気に食わないようだったが、チップを積んで数えた。「五千と百と五十。すべて現金に換えるのか？」

「大勝負にうって出たいのさ」

「後々のゲームのために少し残しておけ」

「なに、おれには一万ドルという頼れる金がある」とジョニー。「そうだ、あんたがかまわないなら

――あの金を小切手にしてくれ。備えたいから」

「何に？」

「万が一に」

ホンシンガーは五十一枚の百ドル紙幣と五十ドルをジョニーに渡し、一万ドルの小切手を切った。

「悪くないな」彼は言った「一ドルから始めたにしては」

「これが十万ドルになったら終了だ」

苦々しげなホンシンガーの視線を受けつつ、ジョニーはオフィスをあとにした。カジノに入ると、ニックが近づいてきた。「ラングフォードの件で街中のホテルに電話しました、ミスター・フレッチャー。どのホテルにも泊まっていないようです」

「モーテルにも当たってみたか？」

「今から確かめます」

「よし、おれはザ・ラスト・フロンティアにいるから、ルーが戻るまでにあいつの居所をつきとめたら知らせてくれ」

ジョニーの車は、朝方駐車した場所に停まっていた。[illegible]車内に置いたままだった。

第十章

　エル・カーサ・ランチョから半マイル離れたところにエル・ランチョ・ベガスが立っている。ザ・ラスト・フロンティアはそこから半マイル先にある。三つの巨大なカジノのあいだには手つかずの砂漠が広がる。車はすいすい走り、エル・ランチョ・ベガスにさしかかった。ジョニーは、ふたつのヘッドライトの光が後方からぐんぐん近づいてくるのに気づいた。スピードをあげたが手遅れだった。車が追いつき、ジョニーの車と並んだ。ジョニーはアクセルを床まで踏みこんだ。しかし、車体を寄せてきたので、やむなくブレーキをかけて路肩に停車した。相手の車はジョニーの車の前で停まった。

　ジョニーは車から飛び出した。けれども、徒歩で逃げるのをあっさりあきらめた。ジョニーに一瞬遅れて、ひとりの男が前方の車からおりた。ジョニーの車のヘッドライトの光を受けて、銃がきらりと閃いた。

「おい、おまえ！」荒々しい声が響いた。

　ジョニーは両手を上げた。

「手をおろせ！」男が近づきながら怒鳴った。

　ジョニーはためらいがちに手をおろした。ザ・ラスト・フロンティアの向こうからヘッドライトが現れた。それはまたたく間に近づいてくるだろう。

車の中にもうひとり男がいた。男が警戒してクラクションを鳴らすと、銃を持つ男がジョニーに走り寄り、脇腹に銃をつきつけ、頭で車のほうを示した。

「乗れ――さっさとしやがれ！」

ジョニーはすばやく歩き、セダンの後部ドアを開けて中に入った。銃を持つ男もジョニーのあとから乗りこんだ。車は勢いよく発進した。

男はジョニーの脇腹に銃をつきつけたまま、空いている手がジョニーの胸ポケットをはたき、次に脇ポケットを探り、最後にジョニーのからだを前に倒して尻ポケットを探った。

「なあ、いいかげんにしてくれよ」ジョニーは懇願した。「金は取れよ。さあ、砂漠の奥まで入りこまないうちに。おれは歩くのが苦手なんだ」

「強盗だと思ってるのか？」銃を持つ男が言った。

「違うのか？」

「ああ」

車はザ・ラスト・フロンティアをびゅんと通り過ぎた。ジョニーは光を放つダッシュボードのスピードメーターを見やった。時速七十マイルを指していた針が時速七十五マイルまで振れている。

「おまえら、今日はツイてるな」とジョニー。

「儲けたのか？」ハンドルを握る男が振り向いて尋ねた。

「がっぽりと。おれも今日はツイてたよ、さっきまでは」

「そんなもんさ」ジョニーの脇腹に銃をつきつけている男が言った。「とことんツイてる日があるけど、次の日はどうしたってブラックジャックが出ない」

「おまえはどこの誰だ？」ジョニーは尋ねた。

ジョニーの隣にいる男が含み笑いした。「ああ、おもしろい」

「何がおもしろいのさ」

「おれのことを探ろうとしてるんだろ――おもしろいじゃないか。おれが何者か教えたら、あんた卒倒するぜ」

「じゃあ黙っていてくれ。おれは卒倒しやすいから」

突然、車が道路からはずれ、砂漠にのびる小道に入った。運転手はスピードを落とした。ただし、ほんのわずかだ。車輪がちょっとしたくぼみを通過するたびに、ジョニーは車の天井に頭をぶつけないよう前の座席の裏側に両足をつっぱった。

でこぼこ道に入ると、ジョニーと銃を持つ男の会話がとぎれた。やがてブレーキがキーッという音を立て、もうもうと舞いあがる砂埃の中で車が停まった。

ジョニーが外に目をやると、一軒の日干し煉瓦の小屋が見えた。家に明かりが灯っている。ひとりの男がライフル銃を構えてドアから出てきた。

「ジェイク！」運転手が叫んだ。「おれだ……！」

それで誰なのかわかったらしく、男はライフル銃をおろした。隣にいる男がリボルバーでジョニーを小突いた。

「さあ、おりろ！」

ジョニーは車からおりた。車は黒っぽいビュイックだ。ナンバープレートは見えない。ふたりの人さらいも車からおり、日干し煉瓦の小屋へ向かった。

ライフル銃を持つ男はどうやら先住民らしかった。痩せぎすで年齢不詳、リーバイスのジーンズにフランネルのシャツ、くたびれたカウボーイブーツといういでたちだった。ジョニーをかどわかしたふたりの男は都会人で、〈百貨店の服〉を身に着けている。運転手は筋骨隆々のずんぐりした体格をしていて、髪は青みがかった黒色で脂ぎっている。リボルバーを持つ男は洒落者だ。ずいぶんと若く、なかなかハンサムで——悪っぽいジゴロといった風だ。

ジェイクがライフル銃を持ったまま、先に立って日干し煉瓦の小屋に入った。部屋は縦十二フィート、横十八フィートほどの広さで、さびついたストーブ、ベッド、テーブル、壊れた椅子が三脚あり、棚に食料品が並んでいる。

オイルランプが天井から吊り下がり、部屋の中央に据えられたテーブルの上に、もうひとつのオイルランプが置いてある。

「いいところに住んでるな」ジョニーは室内を見回しながら、おどけた調子で言った。

「ワショー峡谷にある百万長者サンディー・バウワーズの屋敷ほどでかくないが」ジェイクが答えた。

「おれには充分さ」

ジョニーは胸ポケットに手を入れ、五十一枚の百ドル紙幣の束を取り出した。それをテーブルの上にぽんと置き、もともと持っていた千八百ドル以上の札束をズボンのポケットから取り出した。

「七千ドルはくだらない。一万ドル近くあるかもしれない。悪くない金額だ」

「たまげたな！」ずんぐりした色黒の男が声をあげた。「あんたはただの能無しじゃないんだな」

「幸運が続いたのさ」ジョニーは控えめに言った。「さて、街まで車で送ってもらえるかな。それとも歩いて帰れとでも？」

銃を持つ若い男がかぶりを振った。「まだ、おれが誰か明かしてない」

「それはどうでもいい」ジョニーは言い返した。

「興味があるだろう。おれの名は……ニック……」

「やあ、ニック。おれはジョニーだ」ジョニーはずんぐりした男のほうに向き直った。「おまえの名も聞いてない」

「ビルと呼びな」ニックは語気を強めた。「あんたにとって、ニックは重要な名前なんだろう?」

「そうかな?」

ニックはビルと視線を合わせた。「どうやらミスター・フレッチャーはお忘れのようだな、ビル。ちょっと思いださせてやるか?」

「おやすい御用」ビルはうれしそうににんまり笑い、ジョニーの顔を拳で殴った。ありったけの力をこめたわけではない。けれど、ジョニーは煉瓦の壁に激しくぶつかった。彼は壁から跳ね返ってくずおれ、両手と両膝を床についた。そのままの姿勢で見上げた。

「少々手荒すぎないか」とジョニー。

「時間を節約するためさ、フレッチャー」ニックは答えた。「おれは、あんたが夜中に部屋で何を見つけたか知っている。それに、あんたと象ハンターの会話も聞いたぜ」

ジョニーは立ちあがり、口から流れ落ちる血をぬぐった。「鍵穴に耳を当てて聞いていたのならわかるだろう。おれはハリー・ブロスのことをまったく知らない。デスバレーで出くわして……」

「あんたは道で車を停めた」とニック。「で、外に出て、しばらく立っていた。それから車に乗り、ユーターンした。そのときハリー・ブロスを見つけ、また車を停めた……」

「あそこにいたのか？」

ニックはうなずいた。「やつはあんたに何かを渡し、ラスベガスにいるニック——おれに届けるよう頼んだ……」

「……ブロスはまともじゃなかった」とジョニー。「死にかけていたから……」

「やつは四時間、死の淵をさまよっていた。でも、まともだったろう。その場にいたから、おれにはわかる」

「おまえの姿はどこにも見えなかった」

「だろうな。おれは枯れ川にいたんだ。ブロスが倒れたところから、せいぜい三十フィートくらいしか離れていなかった」

「じゃあ、おまえは……？」

「そうさ」とニック。「おれはデスバレーの最悪の場所でやつを拾った……十万ドルもらっても、あんなことをやるのは二度とごめんだね。あのまぬけ野郎はどうしてもおれに渡さなかった……けど、あんたは渡すよな。さもなきゃ、明日の朝には、あんたもハゲタカの餌になっているだろうな」

ジョニーは咳払いをし、テーブルの上にある金を指さした。「金がある——それに小切手。現金に換えたくないなら……」

「そいつを見せろ」

ジョニーはポケットから小切手を取り出した。ニックはそれをジョニーの手からひったくった。

「振出人はホンシンガーか」ニックは軽蔑するように言い、小切手をテーブルの上にぽんと投げた。

「さて、じゃあハリー・ブロスから渡されたものをよこせ」

「今は持っていない」

「どこにある？」

「ホテルの部屋だ」

「あそこはもうくまなく探したぜ」

「おまえの探し物は何だ？」

「紙切れだよ」

ジョニーは小首をかしげた。「紙切れか。トランプのどれかにくっついているのかな……」

「トランプだと？」

「ブロスから渡されたトランプだ」

ニックはジョニーを見据えた。「もう一度言え」

「ハリー・ブロスから一組のトランプを渡された」

「やつからトランプを渡されたんだな？」

「まあ、ちょっと違うが。彼はポケットに手を入れ、何かを取り出す前に事切れた。そのポケットの中身はトランプだけだったから、渡そうとしたのはトランプだろうと思ったのさ」

「おれもやつを調べた」とニック。「トランプも調べたが、何も挟まっていなかった……」彼は顔をしかめた。「見落としたのかな……。あんた、ポケットを残らず探っていたよな。ほかに入っていたものは？」

「ブックマッチと……紫色のチップ」

「おれもチップは見つけたよ。でもポケットの中に残したんだ。ラスベガスに戻るつもりじゃなかったからな……服を脱げ」

「なんだと？」

「服を脱げ。念のために」

「誓うよ」とジョニー。「おまえの興味をひくようなものは持っていない……」

ニックはビルに身ぶりで合図した。ずんぐりした男はジョニーに手をのばし、後ずさりしながら、すばやくジョニーのコートをはぎとった。ニックはそれを受け取り、調べ始めた。まずポケットの中を改め、コートの内側に隠しポケットがないか確かめた。彼は縫い目とふちに沿って指を走らせた。

ジョニーはズボンを脱ぎ、ビルがそれを調べた。

「シャツも」とニック。

ジョニーはシャツを脱ぎ、どうせ命じられるだろうと見越して靴と靴下も脱いだ。パンツ一丁になり、むきだしの煉瓦の床につっ立っていた。ニックはそれでも気が済まず、パンツを脱がせて調べたものの、当然ながら無駄だった。

ジョニーは服に手をのばした。するとニックが腹立たしげに手を払いのけた。「おれが戻ったら、着てもいいぜ……」

「寒いじゃないか」ジョニーは文句をたれた。

ニックは銃をビルに渡した。「トランプを見つけないと。あの部屋にあるはずだ。おれが戻るまで、裸のままにしておけ。そうすりゃ、ふざけたまねもそうそうできないだろう」

「心配するな、カール」とビル。「おれに任せておけ……」

「この野郎！」ニックが怒鳴った。「口をすべらせやがって……

ビルがぎくりとした、「おれ、まずいことでも言ったか?」

「名前だよ」とジョニー。「自称ニックの。おまえは本名で呼んだ――カールと……」

ニックことカールがジョニーをにらみつけた。「なにをほざいてやがる。誰かこいつを黙らせろ」

彼はドアに向かった。「三十分もかからないはずだ。その時間内に見つけられなかったら、戻ってくる」

カールが外に出てしばらくすると、車のライトが点灯した。車はぐるりと回り、ハイウェイに向かって砂漠を横切っていった。

エンジン音が聞こえなくなるや、ジョニーはそこに残ったふたりの人さらいに訴えた。「なあ、おまえさんたち、冗談にもほどがある。これじゃあ恥ずかしい――パンツくらいはかせてくれ」

「駄目だ」ビルが間髪入れずに答えた。

ジョニーはテーブルに歩み寄った。「百ドルやるから。せめてパンツだけでも」

「はけよ」ジェイクがとっさに促した。

ビルは首を横に振った。「百ドルだと? その金はもうおれたちのものだ」

「カールのものだ」ジョニーは言葉を訂正した。「やつはこれが八千ドルの札束だと思っている。おまえにいくら渡すかは、やつの気分次第だぞ」彼は咳払いをした。「むろん、やつは正確な金額を知らない……札束を数えたわけじゃないからな。やつに知られることなく、百ドルがおまえの懐に入る……おれがやつにしゃべらなければ……」

ビルの顔に、金を欲する気持ちと警戒心のないまぜになった表情が浮かんだ。ジョニーはテーブルに近づいた。「この札束から百ドル札を一枚抜き、この札束からも一枚……」彼は紙幣を抜いた。

ジェイクが進み出た。「百ドルだな……」

ジェイクは一枚の紙幣に手をのばした。ジョニーは紙幣を持った左手をジェイクのほうへのばしながら、左手でテーブルの上にあるランプをつかんだ。

ビルが叫んだが、手遅れだった。ジョニーは明かりの灯ったランプをジェイクに投げつけながら、二枚の百ドル紙幣をうち捨て、ジェイクの手からライフル銃を奪った。

ランプがジェイクに当たった拍子に破裂した。ジェイクは痛みと恐怖で悲鳴をあげ、服に燃え移った灯油の火をたたいて消そうとした。

ビルは助けに向かわなかった。

ビルはジョニーを撃とうとリボルバーを構えた。ジョニーはすかさずライフル銃の銃身をビルの手首にたたきつけた。一撃を見舞われた瞬間、ずんぐりした暴れ者が引き金を引いた。

銃が火を吹き、風がジョニーの頬をなでた。弾丸が頬をかすめて飛んでいったのだ。ビルの手から銃が弾かれ、ビルは痛む腕を手でつかんだ。打撃を受けた彼は無意識のうちに、開いたドアへ向かった。

ジョニーはライフル銃を持ったままビルのあとを追ったが、ジェイクがまだ服についた火と格闘していたため、やにわに向きを変え、ベッドから毛布をつかみ取った。それをジェイクにかぶせ、火を消した。

危険が去ると、ジェイクはベッドのほうへよたよたと向かった。顔と手の一、二か所に軽い火傷を負い、シャツに数か所穴が開いていた。ジェイクが受けた被害はその程度だった。

ジョニーはジェイクの具合をさっと確認してからテーブルに歩み寄った。テーブルの上にライフル銃を置き、服を着始めた。銃は手の届くところにある。

　ジェイクは同じ場所にいる。ジョニーは服を着終えると、金を手に取り、ポケットの中に入れた。ビルの銃も手中におさめた。

「ライフル銃は小道沿いを探せば見つかるだろう」ジョニーはジェイクに言った。「銃を探したいならの話だが。そうだ、砂漠に逃げたらどうだい。おれが電話すれば、保安官代理が十分ほどでここに駆けつけるぜ……」ジェイクに向かってうなずき、家をあとにした。

　月明かりで、舗装されたハイウェイに続く小道がはっきり見てとれる。ジョニーは大股ですたすた歩いた。しばらくすると、車のヘッドライトが流れていくのが前方に見え、それから十分後、ハイウェイにたどり着いた。

　舗装道路に沿って一マイル進むと、一軒のモーテルが現れた。そこには電話がなかったので、モーテルの主人に十ドル紙幣を渡し、エル・カーサ・ランチョまで車で送ってもらった。

これが喧嘩の顛末である。ラングフォードはぐったりのびてしまい、サムは……そう、ふたりの警官に銃を向けられた。

かくしてサムは、取調室の中を拝むことになってしまった。

第十二章

生け捕りのマリガンの三番目の妻（名はグロリア・ハットニー）は、ロングアイランドのマンハセット近郊にちょっとした屋敷を所有していた。二十三の部屋があり、生け捕りのマリガン専用の寝室に隣接するバスルームは、ラスベガス警察のマリガン刑事が現在住んでいる家の、ちょうど二倍の広さだった。

彼の自宅は寝室がひとつと小さなキッチン、縦十二フィート、横八フィートの居間で構成されている。床はコンクリートで、その半分にナバホ族の絨毯が敷いてある。

生け捕りのマリガンの四番目の妻は夫より数歳若い。浅黒く、凡庸な女で、夫のシャツを洗い、靴下を繕う。『心ときめく恋愛小説』を読み、ラジオのメロドラマを楽しむ。

彼女が低級な雑誌を読んでいると、ヤマヨモギの生えた前庭にヘッドライトの光が入ってくるのが見えた。彼女は雑誌を置いて立ちあがった。やがてヘッドライトの光が消え、生け捕りのマリガンがコンクリートのベランダを歩く音が聞こえてきたのでドアを開けた。

マリガンが中に入り、妻の肩をたたいた。「ただいま、ベイブ」彼はキスをしなかった。何か考え事をしている証拠だ。ミセス・マリガンはソファに戻って腰をおろし、両手を膝の上で重ねた。黒い瞳は夫を見つめている。

生け捕りのマリガンは帽子を脱ぎ、妻が座るソファの上に置いた。続いてコートを脱ぎ、ネクタイをゆるめながら小さなキッチンに入った。粗末な冷蔵庫を開けてビール瓶を一本取り出し、ふたを開けた。グラスにビールをそそぎ、グラスとビール瓶を持って居間へ戻った。

マリガンは妻の向かいに置かれた椅子にからだを投げ出し、ビールをすすった。グラスを空けると、ふたたび瓶からビールをそそいだ。そのあいだ、彼も妻も無言だった。

マリガンは二杯目を飲み干した。空になったグラスとビール瓶を椅子のわきに置いて立ちあがった。がっしりと角ばったからだつきで、腹が少々出ている。

「ベイブ、ラスベガスが好きかい？」

ネル・マリガンはきわめて簡潔に答えた。「ええ」

マリガンはうなずき、部屋の中をうろうろし始めた。「そう答えると思ったよ。この街が好きなのは、きみが思いこんでいるからさ、おれがこの街が好きだと。おれがいつもそう言うものだから」

「好きじゃないの？」

マリガンは足を止めた。「ああ。おれはラスベガスが嫌いだ。砂漠も嫌いだ。おれは世界中を回ったんだよ、ベイブ――ボルネオ島、コンゴ、シベリア、パリ、ロンドン、ニューヨーク。世界の名士と親交があるし、一度などは、ある公爵を飲み負かしたんだ。このくそ忌々しい街が嫌でたまらない。アフリカでライオンを、インドでトラを捕まえていたのに、今では土曜の夜に酔っぱらいドライバーを捕まえるありさまだ」

ネル・マリガンはじっと夫を見ていた。結婚して一年になるが、夫が幸せでないことは彼女にもわかっている。コンクリートの床や煉瓦の壁を見つめながら、五千マイル彼方に思いを馳せる夫の顔をいく度となく見ている。

　マリガンはふたたび歩き始めた。「この街であることが起きている。誰もそれを認めないだろうし、誰に尋ねたって驚いた顔をするだけだろうが。おれはあちこちで話を聞き、観察し、いろんな出来事を結びつけて考えてみた。ハリー・ブロスは殺された。それを知る男が今日、街に現れ、一ドル——おれが恵んでやった一ドルを一万五千ドルか二万ドルそこらまで増やした。そしてホンシンガーは金をむしり取っている」

「ハリー・ブロスって、数週間前、うちに来た人よね？」ネル・マリガンが尋ねた。「エル・カーサ・ランチョのディーラーでしょ？」

「ああ。今さらながら、あいつから話を聞き出さなかったのが悔やまれる。あいつは何かを心配していたが、それについて口にしなかった。しゃべらせるべきだった。あのことを知っていたんだろう……」

「あのこと……イカサマのこと？」

「それしかないだろう？　ラスベガス自体は公正だ。ギャンブルはでかい商売で、カジノはがっぽり儲けている。その儲けを盗られるわけにはいかない。カジノは資本をつぎこんでいるから、盗られたら困る。だが、ラスベガスには金があり、金のあるところにはそれを横取りしようとするやからがいる。油を塗った棒のてっぺんに十ドル札を置けば、棒をのぼる方法を誰かが考え出す。リバプールのある男はふたつのサイコロを操れた。おれの知るかぎり、サイコロをテーブルの壁に当てて勝ち目を出せる唯一の男だ。その技を身につけるのに何年かかったんだと尋ねたら、十年と答えた。人は十年足らずで弁護士にも医者にもなれるし、ビジネス界の頂点にだって立てるのに。サイコロを壁に当て

第十三章

サム・クラッグの独房に看守がやってきた。「よう、兄弟」看守はドアの錠を開けた。

サムは外に出た。「釈放されるのか?」

看守は乾いた笑いを浮かべた。「冗談ぬかすな」

看守は先に立って進み、あるドアを開け、わきによけた。サムは看守の横をすり抜け取調室に入った。そこは四角い部屋で、壁が青く塗られ、長いテーブルと簡素な椅子が置いてある。

生け捕りのマリガンがテーブルの端に座っていた。「やあ、クラッグ」彼は穏やかに言った。

サムはきまり悪そうに笑った。「ジョニーが知らせたのか?」

マリガンは質問を無視した。「今朝、おれはちょっとしたまちがいをしてしまったよ。おまえをラスベガスにとどまらせた」

「ジョニーはどこにいるんだ?」サムはさらに尋ねた。

「外にいる」マリガンは答えた。「おまえは中にいる。自分がのっぴきならない立場に置かれていることはわかるな?」

「喧嘩をしかけたのはおれじゃないぜ、マリガン。嘘じゃない。あのラングフォードっていうまぬけ野郎はジェーンを侮辱した。ジェーンが離婚しようとしているからご立腹なのさ。おまけに今日の午後、ジョニーを殴りやがったんだ」

「おまえ、彼を二十フィート投げ飛ばしたそうじゃないか」

「いやいや」サムは謙遜した。「十フィートそこそこだよ」

マリガンは小首をかしげた。「十フィート……投げ飛ばしたんだな？」

「ああ。でも、先に手を出したのはあいつだ。そう聞いてないのか？」

マリガンはうなずいた。「ラングフォードの体重はおよそ二百ポンド」

「で、おれより頭半分背が高い。おれは弱いものいじめなんてやってないよ」

「なあ、おまえを責めているわけじゃないぞ、クラッグ。喧嘩見物できなくて、いささか残念に思ってるくらいだ。じつのところ、これっぽっちも責めちゃいない。ただ、エルマーが……」

「エルマーって誰だ？」

「おまえがめちゃくちゃにしたカジノのオーナーだ。エルマーによると、クラップスのテーブルは五百ドル相当の品だそうだ」

「そうか、弁償するよ。ジョニーは金持ちだ」

「……それからエルマーは、千ドル分のチップを客に持ち去られたと主張している」

サムはたじろいだ。

「……幸いにも、地下に新しいテーブルがあったが、それを運びあげるまでのあいだに千ドルの利益が出ただろうとも言っている。合計すると二千五百ドルになる」

「ここから出たきゃ二千五百ドル払えってことか？」

「それがエルマーの要求している額だ」

「払わないとどうなる？」

マリガンはほほえんだ。「払うしかないんだ」

「とにかく、ジョニーを呼んでくれ……」

マリガンは指の爪に視線を落とした。「おまえを訴えるのをエルマーに思いとどまらせるためには、それくらいの金が必要なんだ。おまえはいくつかの疑いをかけられているぞ、クラッグ。騒ぎを起こし、脅迫し、暴行を働き、逮捕時に抵抗し、警官ふたりに暴力を振るった嫌疑だ」

サムはうめいた。「おれは……刑務所送りになるのか？」

「刑期は六か月くらいかな。九十日かもしれない。明日の朝、メーガン判事が出勤前に奥さんと喧嘩するかどうかによるな」

サムはよろよろと椅子に近づき、どさりと腰をおろした。「九十日……！」彼は嘆いた。「耐えられない。九十日間、何もせずにいたら、頭がいかれちまう……」

「なに、やることはあるから心配するな。おそらく、道路工事に駆り出されるだろう。人手が不足しているから……」

「ジョニーを呼んでくれ」サムは懇願した。「呼んでくれよ、マリガン」

「さっき来たんだが」とマリガン。「もう帰ってしまった」

サムはあえいだ。「保釈も駄目なのか？」

マリガンは肩をすくめた。「短期滞在者の場合、そうやすやすと保釈は認められない。州境がほんの四十マイル先だし……」

「ジョニーが保釈金を払ってくれる——たとえいくらでも。あいつは友達を見捨てたりしない。おれたちは長いつきあいだが、あいつは一度だってそんなことはしなかった」

「今回は違うかもしれないぞ。しかし……」

サム・クラッグは立ちあがり、ドアまで歩いていった。ドアを開けて叫んだ。「ジェンキンス！」

を逮捕したふたりの警官のうちのひとりが部屋に入ってきた。「ジェンキンス」と
マリガン。「おまえはクラッグ
ジェンキンスは渋面を作った。「よく思っちゃいないよ、マリガン。こいつ、おれをぶっ飛ばしやがった」

「カスパーは？　どんな様子だい？」

「はらわたを煮えくり返らせている」

マリガンは考え深げにうなずいた。「じゃあ、おまえとカスパーは、逮捕時に抵抗した罪と警官に暴行した罪で訴えるのをやめるつもりはないのか？」

ジェンキンスは口をすぼめた。「さあ、どうかな……」

サムはぱっと立ちあがった。「あんたたちに百ドルずつやるから、それでチャラにしてくれないか？」彼は懇願した。

マリガンはぐっと息を吸いこんだ。「おまえの今の行為は贈賄未遂に当たるぞ、クラッグ！」

「おいおい！」サムは叫んだ。「言ってみただけさ……」彼は急に口をつぐみ、ふたたび腰をおろした。

マリガンは残念そうに首を振った。「贈賄未遂罪を追加するしかないな……」

「ジョニー・フレッチャーを呼んでくれ」サムはわめいた。「あいつがおれを巻きこんだんだから、

あいつがなんとかすべきだ……」

マリガンはジェンキンスに合図した。「もう用は済んだ、ジェンキンス……」

ジェンキンスはためらう素振りを見せた。「おまえが望むなら、ここでのやりとりは口外しないよ、マリガン」

「そうしてくれ。クラッグがおれたちに協力するなら、便宜を図るかもしれない。クラッグ次第だ……」

ジェンキンスは部屋から出て、ドアを閉めた。クラッグは悲痛な面持ちでマリガンを見つめた。

「ああ、マリガン、勘弁してくれ」

「勘弁してやってもいいぞ、クラッグ。事と次第によっては。おれの知りたいことを二、三教えてくれたら、手心を加えてやろう。贈賄未遂の件は見逃す。それから……ジェンキンスとカスパーもどうにかできるかもしれない。あいつらはおれに借りがあるから……」

「金を握らせたらどうだ?」

「さて。試してみるか」

「ジョニーが埋め合わせをしてくれるさ、マリガン。絶対に」

「さあ、それはどうだろうな。では、デスバレーで昨晩起きたことについて残らず教えてほしい」

「デスバレー?　ラスベガスと……どんな関係があるんだ?」

マリガンは、クラッグに刺すような視線を向けた。「フレッチャーは今晩、部屋で何を見つけたか……おまえに話してないのか?」

サムはしばらく警官をぼんやり見つめ、はたと目を見開いた。「あいつはディナーの途中でいなくなった。そのあとってことか？」

「そうだ」

サムはやにわに、トカゲを生きたまま飲みこんだかのような顔になった。「あいつが戻ってきてから、ちょっと話をした……」ゴクンと唾を飲んだ。「あれは……冗談じゃなかったのか？」

「何が？」

「何って――その……死体の件さ……」

「おまえにしゃべったんだな！」

サムはうめき声を漏らした。「誰かが……殺されたのか？」

「胸を撃ち抜かれていた。まあ、殺されたんだろう。フレッチャーは誰の死体なのか言ったか？」

サムは首を振った。「あいつが戻ってきたとき、おれたちはクラップスのテーブルで遊んでいた。赤毛の女も一緒だった……みんなでふざけ合っていたら、あいつはホンシンガーか誰かに呼ばれた……それきり姿を見ていない……」

「聞かせてくれ――デスバレーで出くわした男について」

サムは手の甲で顔をこすった。「なあ、マリガン、おれたちはやっちゃいない　本当だよ。車を走らせていたら、道路のそばを男がよろよろ歩いているのがいきなり目に入った。ど、おれたちは車を停めた。男を助けようと思ったのさ。けど、死んじまった」

「すでに撃たれていたのか？」

「ああ、そうだとも。ベーカーへ連れていこうとしたら、わたしはそう長くはもんないと男が言った。それから……」サムは大きく息を吸いこんだ。「ジョニーはあんたに何を話した？」

「おまえと同じことだ。ジョニーによると、男が死んだあとポケットを探り……何やら取り出したそうだな……」

「トランプと紫色のチップ……あと、ブックマッチ。持ち物はそれくらいだった」

「ふむ、ジョニーから聞いた内容と同じだ。ブックマッチに紫色のチップに……トランプ。男は死に際にどんなことを口にしたんだ……」

「ラスベガスにいるニックに届けてほしいとおれたちに頼んだ……」

「ニック。そうだ。そいつの姓は？」

「それは言わずじまい。男は姓を告げる前に死んだ。ニックと告げ——次の瞬間！　事切れた」

「それからどうした？」

「どうもしない。どうしようもなかったのさ。あのときはとんでもなく暑かった。おまけに風が強いのなんのって。可能なら埋葬したが、手で墓を掘るわけにもいかないだろ？　だから男を残してベーカーへ戻った。ラジーエータの中の水がほとんどなくて、生きた心地がしなかったよ……」サムは思いだして身震いした。「デスバレーはもうこりごりだ！」

マリガンはドアに歩み寄って開けた。「ジェンキンス！」と呼んだ。

ジェンキンスがドアまでやってきて、怪訝そうにマリガンを見た。マリガンは身ぶりをまじえて告げた。「フレッチャーの野郎を呼んできてくれ……」

「えっ！」サムは叫んだ。「ジョニーはここにいるのか？」

ジョニー・フレッチャーが部屋に入ってきた。怒った目つきをしている。

「おれを待たせた理由がわかったぞ、マリガン。サムから情報を聞き出そうって魂胆だったのか」

「ジョニー！」サムは声をあげた。「あの金はまだあるのか？」

「あるとも――なぜそんなこと聞くんだ？」

「二千五百ドル払えば訴えないらしい」

「二千五百ドルを欲しがっているのは誰だ？」

「エルマーとかいう男だよ」

「五十ドル払おう。それで不満なら、訴えればいい」

生け捕りのマリガンが苦りきった顔つきになった。「座れ、フレッチャー！」

「立ったままでも話せる」

「それじゃあ立ってろ。だが、ちゃんと話せよ。ハリー・ブロスがおまえに託したトランプはどこにある？」

ジョニーはとがめるような視線をサム・クラッグに向けた。「こいつ、すでに知っているような口ぶりだったんだよ、ジョニー」サムは言い訳がましく訴えた。

「いいよ、たいしたことじゃないさ、サム」ジョニーはマリガンのほうを向いた。「おそらくカールという男が持っている。長身でやせ型、三十歳前後……ジゴロ風の男……」

「カール・シンだ！」

「知っているのか？」

生け捕りのマリガンはうなずいた。「ちんけな詐欺師さ。今度やつがなめた真似をしたら、街から追い出してやるつもりだった」

「人違いじゃないか、マリガン？　デスバレーまでブロスを追うようなやつだ。けちな詐欺師がそんなことをするかな……」

「たしかにカール・シンらしくない行動だが……やつがブロスの追手だとどうしてわかった?」

「みずから明かしたのさ」ジョニーは口をすぼめた。「今思うと、やつの話を聞いたとき、腑に落ちないものを感じた。やつは細かいところまで知っていたが、誰かから聞いたのかもしれない……」

「ちゃんと教えろよ、フレッチャー。細かいところって?」

「やつによると、ブロスは四時間死の淵をさまよっていた——まあ、おれには知りようがないことだ。おれは車を停め、いったん外に出て、また乗りこんでユーターンした。そのあいだ、やつは枯れ川に隠れていたらしい……」

「おまえはそんなふうに行動したのか?」

「ああ。やつは、ブロスが死ぬ間際におれに何を頼んだのかも知っていた」

「おや」とマリガン。「そいつは初耳だ」

「そんなはずはない。チップとトランプをラスベガスにいるニックに渡してくれとブロスが頼んだっておまえに話したぜ。正しくは、〝渡してくれ〟ではなく〝届けてくれ〟とブロスは頼んだ……」

「ニックのフルネームは?」

「わからない。だから勘弁してくれ、マリガン。サムも知らないんだ……」

「そうさ」サムが言葉を挟んだ。「おれはただ、男が口にした名前をマリガンに教えただけだよ。〝ニック〟と……」サムは考えこむように額にしわを寄せた。「なんで男の名前がブロスとわかったのか、おれには見当もつかない……」

「あのな」とジョニー。「マリガンがブロスだと確認したのさ。数時間前、おれたちの部屋で死体を見て……」

サムがあえいだ。「死体！　どういうことだ……」サムの顔に困惑の色が浮かんだ。「おれたちの部屋に死体があるなんて。デスバレーに残してきたのに……！」

「ブロスをここまで運んだやつがいる」

「誰なんだろう？」

「ブロスを殺したやつじゃないか？　あのカール・シンって男が……」

「カール・シンがデスバレーからわざわざ死体を運んだとは考えにくい」マリガンが言った。

「シンを知ってるのなら、やつのことを探るくらいわけないだろう。シンを見つけたら逃がすなよ。やつとはカタをつけなきゃならないんだ」

マリガンがもの問いたげにジョニーを見つめたため、ジョニーは夜中に繰り広げた冒険について話して聞かせた。話し終えると、マリガンが低くうなった。「そいつはシンだ。まちがいない。それにビル・テンプル。ジェイクとは何者だろう。その小屋はおれの管轄外だから、保安官事務所の連中に小屋の中を調べてもらおう」

「なにがなんだかさっぱりだ」とジョニー。「トランプにはこれといったものは混ざっていなかった」

「確かなのか？」

「調べたんだ。トランプはハチの絵柄のごく普通のものだ。イカサマ用の印はついていなかった――関係ないことかもしれないが」ジョニーはマリガンを鋭く見据えた。「一連の出来事について、おまえはどう思う？」

「まるでわからん」マリガンは答えた。ジョニーは不審に思った。生け捕りのマリガンの口調があまりにもきっぱりとしていたからだ。

ジョニーはあくびをした。「もう夜中の二時か。早起きしなきゃならないのに……」

「なぜ?」

「五万ドルまで稼ぐためさ……もうサムに用はないだろう?」

マリガンは口ごもりながら答えた。「ラングフォードは何の文句も言ってこないが、エルマー・デイドはかなり腹に据えかねているようだから……」

「サムは街から逃げたりしない」

「いいだろう」マリガンは譲歩した。「ただし、デスクの上に五十ドルを置いていけ——念のため。そうしたら帰っていい」サムに探るような視線を向けた。「おまえがラングフォードを十フィートも投げ飛ばしたとは、いまだに信じられん」

サムはにやりと笑った。

第十四章

電話が鳴った。それに応えたのは、ベッドの中にいるサム・クラッグのうなり声だけだった。それからあまり時をおかずに、ふたたび電話が鳴った。すると今度は、暗闇の中でジョニー・フレッチャーが手探りし始め、やがて受話器を探し当てた。

「はい」ジョニーは受話器に向かって眠たげに言った。

「四時三十分になりました、ミスター・フレッチャー」オペレーターの声が聞こえてきた。

「だからなんだ?」ジョニーは嚙みつくように言葉を返し、受話器をがしゃんとフックに戻した。けれども、はたと思いだしてベッドカバーをはねのけた。

ふらつく足取りでバスルームに入って電灯をつけ、ドアを閉めた。それからパジャマを脱ぎ、シャワーの栓をひねって冷たい水を出し、シャワーを浴びた。たちまちのうちにジョニーは目を覚まし、せわしく呼吸した。

しばらくして、水を止めてシャワーから離れ、タオルでからだをふいた。明かりが寝室に届くようドアを半開きにして寝室に戻り、すばやく服を着た。

支度が整うと、ジョニーはまだ寝ているサム・クラッグを見やり、首を振りながらドアの掛け金をはずして外に出た。夜明けの空気は冷たい。ジョニーは二十三号室のほうへちらりと視線を走らせた。

部屋は真っ暗だ。

カバナの裏手に回り、百ヤードほど先にある長くて軒の低い廏へと向かった。近づくと、二、三頭の馬が見えてきた。すでに鞍をつけ、柵につながれている。男がそのうちの一頭を金櫛で手入れしていた。

「おはようございます！」

「フレッチャーだ」ジョニーは言った。「今日の朝、馬を借りることになっている」

「承っております。この馬です……」

馬が勢いよくうしろに跳ねた。ジョニーは馬を指さした。ジョニーは馬を指さした。「こいつか？　伝えたつもりだが。その、おとなしい馬を希望すると……」

「子猫のようにおとなしいですよ。普段は、ご婦人用の馬として待機しています……」

馬が振り向き、馬丁に噛みついた。じゃれているわけではないようだった。ジョニーは馬を見つめながら表情を曇らせた。

「じつは、まだ出発できないんだ……ミセス・ラングフォードを待っているので……」

「五分前に出発されましたよ。ちょっと走れば追いつけるでしょう……」

「どっちに向かった？」

馬丁は西の方角を指さした。「十分もたてば、明るくなって見渡せるようになります」ジョニーが馬に乗るのを手伝おうと、両手をのばしてカップ状に指を組んだ。「用意はよろしいですか？」

ジョニーは馬丁の手に足をかけ、鞍にひらりとまたがった。すると、馬が後ろ足で飛び跳ねたので、馬丁が馬をなだめた。ジョニーは鐙に足を載せた。

「手綱を緩めてはいけませんよ、ミスター・フレッチャー」馬丁は助言した。「もし馬が暴走したら、両耳のあいだを一、二回たたいてください。馬はたたかれるのを嫌いますから……」

馬丁が銜《はみ》から手を離すと、馬は競走馬さながらの勢いで駆けだした。ジョニーは必死に手綱を引いた。まるでサンタフェ鉄道のスーパーチーフ号を引いているようだった。馬は、六ハロン（千二百メートル）のレースの記録をぬり替えてやるといわんばかりに砂漠を疾駆した。

正確に言うと、ジョニーはこれまでに一回半、乗馬をしたことがある。十歳のとき、ポニーに乗りに出かけた。これを半回として数える。そして二十代前半のころに一度経験し、そのときは馬に乗ったとたんに振り落とされた。

ジョニーはいっそ振り落とされたいと思った。もう少し明るかったら、地面の柔らかそうな場所に自ら転がり落ちていただろう。実際には、鞍の前橋に両手でしがみつき、運を天にまかせるしかなかった。

「おとなしい」馬はおよそ一マイル半という距離を猛烈な勢いで駆け、しだいに速度を落とし、ついには歩きだした。そのころにはあたりが明るくなり、数百ヤード前方に一頭の馬と乗り手の姿が見えた。ジェーン・ラングフォードだった。

ジョニーの馬はいななきながら小走りに進んだ。

「おはよう」ジョニーが近づくと、ジェーン・ラングフォードは落ちつきはらった態度で挨拶した。

「あなたが早朝に出かけるなんて意外だわ」

「いけないかい？」ジョニーは言い返した。「少なくとも二時間はぐっすり寝た」

「あなたのお友達は？　彼は……」ジェーンは咳払いをした。「監房の中で眠ったのかしら。それとも外？」

「ああ、釈放してもらったよ……あいつ、きみのために喧嘩したそうだな」

「あんなことをするなんて。喧嘩したって無駄なのに。わかるでしょ……ちょっと走りましょうか？」

ジョニーは顔をしかめた。「走るのか？」

「そのために来たんじゃないの？」

「おれは――話すために来た。きみがなかなかひとりにならなくて、話す機会がなかったから」

ジェーンが馬のわき腹に軽く鞭を当てた。馬は駆けだし、ジョニーの馬も並んで駆けた。ジェーンは無言のまま走り、しばらくしてジョニーを横目で見た。

「ミスター・フレッチャー、あなたに関する妙な噂をたくさん聞いたわ。耳を疑うようなものばかりだけれど、真実かもしれない。あなたが現れてから、いろんなことが起きているから。ねえ……あなたはいったい誰――何者なの？」

「信じてもらえないかもしれないが」ジョニーは答えた。「本のセールスマンだ」

「こんな朝早くにからかわないで、ミスター・フレッチャー」

「名はジョニー――べつにからかっちゃいない。本のセールスマンだよ。このことは聞いてるだろう？」

「いいえ。噂によると……昨日の夜、あなたの部屋で死体が発見されたそうね」

「誰から聞いた？」

ジェーンは肩をすくめた。「夜勤のメイドよ。彼女がひどくおびえていたから、信じそうになったわ……」

「本当のことだと？　じつは、事実なんだ……」

ジェーンはジョニーの顔をじっと見た。「死んだのは……誰？」

「エル・カーサ・ランチョでブラックジャックディーラーとして働いていた男だ……名はハリー・ブロス……」

ジェーンがはっと息を呑んだ。「なんてこと。その人なら知っているわ！　その人……メイドが言っていたけど……こ……殺されたの？」

ジョニーはうなずいた。「でも、おれの部屋で殺されたんじゃない」

「じゃあ、どこで？」

「デスバレーだ」

ジェーンは小さな叫び声をあげた。「なぜ……それがわかるの？」

「これがまた摩訶不思議な話でね。おれはデスバレーで彼に出くわした。彼はおれの腕の中で息絶えた……おれは死体をデスバレーに残してきた。ところが二十四時間後、二百マイル離れたラスベガスに死体が現れた。死体を部屋に運んだのはおれじゃない」

「馬鹿げてるわ。遠くから死体を移動させて――あなたの部屋に置くなんて」

「それを実行したやつがいるんだ」

「誰かしら？」

「目星はついている」

「つまり――怪しいと思う人物がいるのね？」

「ああ」

「誰？」

ジョニーはしばらく黙っていた。ジェーン・ラングフォードは彼を見つめたままだ。

ジョニーが口を開いた。「明日、離婚するのか？」

「ええ、もちろんよ」ジェーンはぱっと目を見開いた。「なぜそんなことを聞くの？」

「べつに理由なんてないさ」

「嘘だわ」ジェーンは急に語調を変え、きっぱり言った。「あなたは……疑っているんでしょ。わたしがその――その件にかかわっていると……」

「かかわっているのか？」ジョニーが間髪入れずに尋ねた。

ジェーンは頬をまっ赤に染めた。「もうよしてちょうだい、ジョニー・フレッチャー」

ジョニーが南西の方角をやにわに指さした。「あっちに牧場があるだろう？」

「ええ、あるわ……」

「チャッツワースの牧場かい？」

ジェーンの頬が怒りでさらに赤くなった。「そうよ。チャッツワースの牧場は――ここから直線で五マイルくらい離れたところよ。それがどうしたというの？」

「きみは、昨日おれがラスベガスに入って最初に出会った人物だ。きみをハイウェイで拾った。ハイウェイは、ここから一マイルほど――そしてチャッツワースの牧場から四マイルほど離れている……」

「続けて」ジェーンの声が険悪な響きを帯びた。

「きみは乗馬がうまい」ジョニーは澄ました調子で言った。

「昨日の朝、わたしは馬に振り落とされてないと言いたいの？　チャッツワースの牧場から……歩いて戻っていたと？」

「きみの夫は」とジョニー。「ひどく日焼けしている。つい最近日焼けしたばかりで――炎症がおさまっていない」

ジェーンが馬を止めて向きを変え、ジョニーと正面から向き合った。「それはなぜかしら」彼女は声をうわずらせた。

「さあね」ジョニーは答えた。「最近、デスバレーに行ったのかもしれない」

「わたしの夫がハリー・ブロスを殺したと思っているの？」

「殺したのか？」

「質問に質問で返さないで」ジェーンが声を荒らげた。「わたしがこの件に関与していると疑う理由を教えてくださる？　そう疑っているんでしょ。あなたはどういうわけか、わたしが昨日の朝ハイウェイにいたことがハリー・ブロスの死と関係があると思っている。いったいなぜなの……確かに、あなたがデスバレーからやってきたとき、わたしはハイウェイにいたけど」

ジョニーは受話器を持つようなしぐさをした。「電話。長距離電話を利用した」

ジェーンはジョニーをしばしじっと見つめ、右手を振りあげた――手には鞭が握られている。「あなたは……あなたは……」

ジョニーは身を乗り出し、自分に向かって打ちおろされようとしている鞭をつかもうとした。馬に乗っていることをすっかり忘れていた。ところが、馬はへたな乗り手の存在を忘れていなかった。ジジョニーが動いた瞬間、馬は後ずさりして跳ねあがり……ジョニーはネバダの砂漠の固い砂の上に投げ出された。

ジョニーは面食らい、しばらく地面に横たわっていた。そして、うめきながら起きあがろうとした。まず目に入ったのは彼の馬だった。馬は……百フィート先を、エル・カーサ・ランチョのほうへ向かって駆けていた。ゆるゆると振り返ると、ジェーン・ラングフォードが鞍にゆったり座り、彼を見下ろしていた。顔から怒りの色が消えている。

ジョニーはゆっくり笑みを浮かべた。「こんな風に振り落とされたのか？」

ジェーンは明るく笑った。「そうね――わたしが落馬していたらの話だけれど。ぴったりな例ね」

「よし」とジョニー。「きみを信じよう……」

「じつは……落馬したんじゃないの。自分で馬からおりたのよ――砂漠に珍しい花が咲いていたから摘もうと思って。そのとき馬に逃げられたってわけ。馬に振り落とされたと言ったのは、どうでもいいことだと思ったから」ジェーンはまじめな顔になった。「ジムとは……」

「えっ？」

「ジムとはちょうど二か月間の結婚生活を送ったわ。ジムはビジネスマンと偽っていた。わたし、知ってしまったの……正体を……」ジェーンは白く鋭い歯で下唇を噛んだ。「ジムはギャンブラーよ
……タチの悪い……」

「どんな風に悪いんだい」

「詐欺を働くギャンブラーなの」

「拠点はどこ？　ラスベガスか？」

ジェーンは首を横に振った。「シカゴ」

ジョニーはうなずいた。「チャッツワースもハルトンも……シカゴの人間だ」

「もう、あなたったら」ジェーンがいらついた声をあげた。「どういう意味よ。ミスター・チャッツワースとチャールズ・ハルトンとはここで知り合ったと言っても、どうせ信じないんでしょ？　シカゴには三百万人が住んでいるのよ。四百万人かもしれない。その全員を知っているわけないわ」

ジョニーはくっくっと笑った。「わかった、わかった。でも、話が出たついでに、きみの——ジム・ラングフォードについてもう少し教えてくれ……彼はどんなギャンブルをやるんだい？」

「おもに競馬よ。ある競馬場で開催されたレースの捜査があったの……捜査員がやってきて、わたしにあれこれ質問したわ。わたしはジムと向き合おうとしたけれど、彼は笑ってごまかした……だから彼のもとを去ったの。それ以来、昨日まで会わなかった……」

「別居してどれくらいになる？」

「一年くらいよ」

「で、今になってようやくラスベガスに来る決心をしたのか？」

「ちょっと金銭的な問題があったから」ジェーン・ラングフォードは答えた。「ジム・ラングフォードからは一銭ももらっていない。わたしは自分のお金でここに来たし、生活費を要求するつもりもない——いちおう伝えておくわ」

「チャッツワースについてだが」

ジェーンはむっと顔をしかめた。「なぜチャッツワースにこだわるの？　チャールズ・ハルトンのことは気にならないの？」

「ハルトンはまだほんの若造だ」ジョニーは言い返した。「チャッツワースは——裕福で、真のライバルだ」

「誰の？」

「おれ」

ジェーンはジョニーをまじまじと見つめた。「からかってるのね」

「からかってなどいないよ。おれじゃ駄目かい？」

「あなた、本当は何者なの？　本を扱うエージェントなのかしら……」

「セールスマン——エージェントじゃない……」

「たいして違わないでしょ？」

「大違いだ。ある年、おれは七万五千ドル稼ぎ、ある女に恋をし、一緒になりたいと思った」

「そしてどうなったの？」

「彼女はほかの男と結婚し……おれは馬を買った」

ジェーンは笑った。「その女性は結婚相手をまちがえたようね」

「それを彼女にわからせようとしたが、彼女がそのことを夫に伝え、夫がおれに会いにきた。夫が銃を持っていたから、おれは街を離れた」ジョニーはため息をついた。「たぶん、彼女はもう太った女になり果てているよ」

第十五章

ジョニーが朝の乗馬から歩いて戻ったとき、サム・クラッグはもう部屋にいなかった。ホテルのレストランに行ってみると、サムは朝食をとっていた。ハムエッグ、ワッフル、ソーセージ、それに薄切りのベーコンが並んでいる。

「ずいぶん探したぜ」サムがジョニーに向かって叫んだ。「どこにいたんだよ？」

座ろうとしていたジョニーはびくりとし、ソファにゆっくり腰をおろした。

サムがジョニーを射るように見た。「ラングフォード嬢と一緒にいたのか？」

「ジェーン・ラングフォードと一緒にいた」

サムはあたりをこっそり見回してからポケットに手を入れ、折りたたまれた紙切れを取り出した。

「ベルボーイに起こされて、こいつを渡された」

ジョニーは紙切れを広げた。数字と名称が書いてある。〈一四二八　ボンネヴィル〉。問いかけるようなまなざしをサムに向けた。

「ラングフォードの隠れ家の住所だ」サムがささやいた。

ジョニーは紙切れを折りたたんでポケットに入れた。そこへウェイトレスがやってきたので注文を伝えた。

「今日は何か予定があるのか？」サムが皿に視線を落としたまま尋ねた。

「なぜそんなこと聞く？」

「いやね、予定がないなら、ひと泳ぎしようと思って。ホテルの前にえらくたいそうなプールがあるだろ」サムはふいに顔をにやつかせた。「電話でレッドから誘われてね。あいつの水着姿を拝める」

「なら、拝んでこいよ、サム。おれはアップタウンに出かける」

サムはジョニーに不審そうな目を向けた。「マリガンに会うのか？」

「まさか」

サムがレストランの入口をちらりと見やり、コーヒーにむせそうになった。「これはこれは！」彼は声をあげた。

ジョニーが振り返ると、赤毛のモリーの姿が目に飛びこんできた。水玉模様のスカーフとパレオをまとっている。ジョニーは口笛を鳴らした。

「ごきげんよう、サム！」

サムは立ちあがり、モリーのもとへ向かった。

ジョニーは朝食を済ませると、ロビーに入り、電話帳を手に取った。それから巻末の職業欄を開いて索引を下方にたどり、「探偵」に行きついた。彼はうなずき、電話帳を閉じた。

十分後、ジョニーは漆喰塗りの小さな家の前に車を停めた。その家はフリーモント・ストリートからのびる脇道に面している。彼は玄関口に立ち、ブザーを押した。

薄汚いフランネルのバスローブに身を包んだ小男が扉を開けた。

「ウォルター・コブか？」ジョニーは尋ねた。

「郵便受けにそう書いてあるだろ」小男が答えた。

「入ってもいいかな？」

「あんたの用件次第だ」

「仕事を依頼したい」

コブは扉を大きく開いた。「コブ家へようこそ。一時間後くらいにはオフィスにいる予定だったが」

「時間がないんだ」

コブはジョニーを小さな居間に通した。新聞が乱雑に置かれている。居間に続く食堂では、薄汚れた化粧着姿の大柄な女がテーブルの上の皿を片づけていた。

「女房だよ」とコブ。「まだ名前を聞いてなかったな」

「フレッチャーだ」

「おい、こちらはミスター・フレッチャー」

妻は重ねた皿を置き、部屋着で手をふきながら居間に入ってきた。一番上等な椅子にどさりと腰をおろした。

「おまえさん、エル・カーサ・ランチョを破産させた男だね？」

「少しばかり痛手を負わせただけだ。破産させちゃいない」

コブの目がきらりと光った。「まあ、まあ、ミスター・フレッチャー、とりあえず座らないか？」

ジョニーはソファへ向かい、コブはソファと妻が身を沈めている椅子のあいだに立った。

「仕事を頼むために訪ねてきたんだな？」

「電話帳によると――きみは私立探偵だ」

「ラスベガス随一の探偵さ」コブは認めた。

「警察とはどんな関係だ?」ジョニーは尋ねた。「うまくやっているのか?」

「ああ、良好、良好……」コブがさらりと答えた。ジョニーがじっと見ていたら、コブはミセス・コブにちらりと視線を送った。

妻が言った。「あたしらはあたしらの仕事をし、警察は警察の仕事をする。こんな答えをお望みかい、ミスター・フレッチャー?」

「まあな。だが、おれはもっと力強い言葉を聞きたい」

「力強いってどのくらい?」

「できるだけ強いほうがいい」

「依頼の内容によるね」ミセス・コブはきつい口調で言った。「わかってるだろうが、警察はラスベガスという小さな街の大きな組織だよ。ウォルターも連中と仲良くしておかなきゃならない……ある程度は」

「そうだろうとも」ジョニーはポケットに手を入れ、百ドル紙幣の束を取り出した。札束から一枚抜き、続いてもう一枚抜いた。ミセス・コブは札束に食い入るような視線をそそいでいる。ジョニーは三枚目を抜いた。ミスター・コブの息が荒くなった。

「もう二枚足してくれるかい?」ミセス・コブが尋ねた。「ちょっとばかり金に困ってるんでね」

「では、仕事が完了したら二枚上乗せするというのでどうだ?」

「その仕事、いつ終わる?」

「今日中に片づくかもしれない」

「よし、取引成立！」

ジョニーは三枚の紙幣を折りたたみ、ウォルター・コブに渡そうとした。すると、妻が椅子からぱっと立ちあがり、ジョニーの手から紙幣をひったくった。彼女はふたたび椅子に腰かけた。

「おれの知らないことを教えてくれるだけで、この金の半分がきみたちのものになる。まず……二週間ほど前、エル・カーサ・ランチョで何が起きた？」

ミスター・コブとミセス・コブが互いに顔を見交わし、ミセス・コブがうなずいた。「あのな」コブが口を開いた。「客がディーラーたちとイカサマを働いたのさ」

「その客は誰だい？」

コブが意味ありげに肩をすくめた。「さあね。調べるのか？」

「その必要はないだろう。いったいどんな手を使ったんだ？」

「あんた、ブラックジャックでひと儲けしたんだろ？」コブが尋ねた。ジョニーがうなずくと、彼は続けた。「カジノ側は手役が十六以下だとヒットし、十七以上だとスタンドする。もしも、カジノ側がヒットするかどうかをあんたが事前に知っているとしたら？　あんたがヒットするかどうかは変わってくる」

「そうだな」とジョニー。「仮に、おれの手役が十二か十三で、ディーラーのアップカード（表向きのカード）が五か六とする。ディーラーがヒットするとわかっているなら、おれは手役が十二や十三でもスタンドする……ディーラーは半分の確率でバーストするからな。みずからバーストするような危険をおかす必要はない」

「いかにもそのとおりだよ、ミスター・フレッチャー」コブは熱っぽく言った。「一時間続けてプレイした場合、何回くらいそういう状況になるかな?」

「十回から十二回——もっと多いかもしれない」

「あんたが百ドルを賭けるプレイヤーなら、かなり有利だろ? 十時間から十五時間プレイしてみろ。いくら稼げる? 一万五千ドル、いや、二万ドルくらいになる。三、四日プレイしたら? 三、四人仲間がいて、そいつらがカジノを三、四軒回るとしたら? ずばり言おうか、ミスター・フレッチャー。あんたらがカジノからせしめる金はざっと二十万ドル。ネバダでもそうそうお目にかかれない大金さ」

ジョニーは眉根を寄せた。「カジノがイカサマを許すのか? おれがエル・カーサ・ランチョのようなカジノのオーナーなら、ディーラーを厳重な監視下に置く……」

「ああ、もちろん目を光らせているよ、怠りなく。でも、果たして気づけるか。顔をピクッと動かしたりテーブルを小指で軽くたたいたりする合図に。フェルトを指でちょっとひっかく合図に。もちろん、ディーラーは三十分ごとにテーブルを移動する。仲間も移動する……仲間は顔を知られていない。目をつけられたころにはもう、大金をかっさらっているだろうよ」

ジョニーは考えこむようにうなずいた。「ディーラーたちのその後は?」

「クビになった」コブは妻のほうを見た。「気になるディーラーでもいるのか?」

「べつにいない」

ミセス・コブがうなるように言った。「ハリー・ブロスだね?」

「どうしてハリー・ブロスだと思うんだ?」

「昨日の夜、おまえさんの部屋でそいつの死体が発見されたからだよ」

「今朝の新聞に載っていたのか？」

「いいや——記事にはなっていないよ。あたしらにはいろんな情報が入ってくるのさ」

ジョニーはしばらく考えこんだ。「ハリー・ブロスがネバダではなく——カリフォルニアで死んだことも知っているのか？」

ミセス・コブが眉をひそめた。「知らない。あたしが聞いたのは、エル・カーサ・ランチョの部屋でそいつが見つかったことと、一か月間絶食したかのような姿だったということだけ」

「クビになったディーラーのひとりがブロスだ」とコブ。「これには、みんなびっくりさせられたよ。あんなに正直なブラックジャックディーラーはめったにいないともっぱらの評判だったから」

「ギルバート・ホンシンガーもそう言っていた」ジョニーは咳払いをした。「きみはイカサマ連中が誰なのか知らないんだな？」

「そいつらはよそ者だ。ラスベガスにやってきて、金を懐に入れたらそのままドロンさ」

「金はまるまる懐に入ったのかな？」

「どういう意味だよ」

「実行者と立案者はべつの人間じゃないのか。実行者は、わずかな分け前にあずかっただけかもしれない」

「どうしてそう思うんだい？」

「きみの話によると、客がディーラーとイカサマをした。ということは、客はどのディーラーが仲間なのか事前に知っていた……」

コブ夫婦がふたたび顔を見交わした。それからウォルター・コブが感心したようにうなずいた。

「的を射た見方だな、ミスター・フレッチャー」

「仲介役が存在する——そいつが首謀者だ。実行役は誰でもいい。ディーラーにとって見ず知らずのやつだってかまわない。合言葉——あるいは合図を決めているなら」

「なるほど！　お説ごもっとも」

「さて」とジョニー。「汚れ仕事を頼みたい。盗聴したことはあるかい、ミスター・コブ？」

ウォルター・コブはにっこり笑った。食堂に入って戸棚を開け、医者の往診かばんにそっくりな黒いかばんを引っぱり出してきた。それをソファに座るジョニーのわきに置いて開け、中から装置を取り出した。誘導コイルを使った装置らしい。

「ミスター・フレッチャー、この小さな装置があれば石垣越しに会話を聞ける。通話の内容を聞くときなんかに便利なんだ。電話機につなぐ必要がないからな。これを近くに仕掛ければ、通話者よりもはっきり聞ける」

ジョニーの顔に称賛のこもった微笑がゆっくり浮かんだ。彼はポケットに手をつっこみ、取り出した札束から百ドル紙幣を抜いた。「これを追加するよ、おふたりさん——装置の使用料として」

「誰の会話を盗聴するんだい？」ミセス・コブが鋭い口調で尋ねた。

ジョニーはポケットから折りたたまれた紙切れを出した。「住所はボンネヴィル・ストリート一四二八番地……」

「住人は誰？」

「それはわからないが、ある男がここに滞在している。ミスター・ジェームズ・ラングフォード……」

「初めて耳にする名だねえ」

「ミスター・ラングフォードが誰と――何を話すかを知りたい」

「それなら結構」コブがきっぱりと言った。「一瞬ひやっとしたよ。地元民――おれたちの仲間の電話を盗聴するのかと思ってね。仲間の話を盗み聞きするのは気がひけるが、知らないやつなら……」

彼は肩をすくめた。

「頼みはそれだけかい?」ミセス・コブが尋ねた。

「あと、電話をかけてくれないか。シカゴに。ビーラーという名の私立探偵がいる。以前手を貸してくれた男だ。シカゴに住む連中――ジェームズ・ラングフォード夫妻、ミスター・チャッツワース、チャールズ・ハルトンのことを徹底的に知りたい。どこに、どのくらい住んでいるのか、何を生業にしているのか――隣人にどう思われているのか。とにかく、彼らについて知るべきことをすべて知りたい。今日の夕方六時までに。ジョニー・フレッチャーからの依頼だということと、今日中に電信で二百ドル送金するということをビーラーに伝えてくれ」

「電話代はどうなる?」ミセス・コブが語気強く尋ねた。

ジョニーが舌打ちすると、ミセス・コブが強い口調のまま続けた。「二、三回はビーラーに電話しなきゃならないだろうし、ビーラーはコレクトコールで報告してくるはずだよ。電話代として百ドルくらいポンと出せるだろう」

「しょうがない。払いますよ――おまけだ」

「そうこなくちゃ!」

第十六章

ボンネヴィル・ストリート一四二八番地の家はラスベガスの東寄りに位置している。ウォルター・コブの家とよく似た造りで、通りから奥まったところにぽつんと立っていた。ボンネヴィル・ストリートもこのあたりまでくると、砂漠の風景が広がっている。

ジョニー・フレッチャーは家を通り過ぎ、一ブロック進んでから左に折れ、一ブロック先のドニファン・ストリートに入った。

コブは満足げな声をあげた。「完璧だ！　裏窓がひとつしかない。しかも小窓だから、窓辺にたたずんで外を眺めるなんてことはしないだろう……次のブロックで停まってくれ」

ジョニーは一ブロック進み、車を歩道に寄せて停めた。ウォルター・コブが車からおりた。彼は重い革のベルトを腰に巻いている。ベルトの電柱にひっかける部分を緩め、電柱にのぼるための釘付きの器具を両脚に装備している。

コブはジョニー・フレッチャーにウィンクし、電柱にするするとよじのぼった。電柱のてっぺんにたどり着くと、らせん状に巻かれた細いワイヤーを電話線につなぎ、それを地面までたらした。電柱からおりると、ワイヤーをつかみ、車に乗りこんだ。

コブは誘導コイルがおさめられた黒い小箱にワイヤーをすばやくつなぎ、ヘッドフォンを装着した。

彼はご満悦で顔を明るくほころばせた。

「見事に接続できた」

「きみがのぼっているあいだにちょっと考えたんだが」ジョニーは言った。「誰かが電話をかけてくるまで何時間もかかるかもしれない。おれがアップタウンまでひとっ走りして、公衆電話からかけてみようか?」

「うん、そいつはいい!」コブが声をあげた。「動揺させて、誰かに電話するよう仕向けるって寸法だな?」

「まあ、そんなところだ」ジョニーは顔をしかめた。「けど、おれが車で行ってしまったら、きみが路肩で盗聴するのは無理だな……」

「心配ご無用」とコブ。「電柱にのぼるよ。そうすりゃ、誰が見ても架線工としか思わない。必要とあらば一時間でも電柱の上で過ごすさ」

コブは箱を抱えて車からおりた。箱をベルトに固定すると、さっさとのぼり始めた。ジョニーはコブがてっぺんまでのぼるのを見届けてから発車した。フリーモント・ストリートに到着すると、ドラッグストア店内の電話ボックスに入った。紙切れに記された〈ボンネヴィル・ストリート一四二八番地〉の電話番号をダイヤルした。調査に繰り出す前にコブが電話番号を入手していたのだ。

呼び出し音がいく度か鳴った。受話器を取る音が聞こえ、しゃがれた声の主がぶっきらぼうに応答した。「はい?」

「やつが捕まった」ジョニーはとげとげしい口調で言った。

「てめえ、誰だ?」電話の向こうの声の主は噛みつかんばかりだ。

「名は名乗れない」とジョニー。「気をつけな……やばいことになってるぜ……」受話器をフックに戻し、二十まで数えてからふたたび番号をダイヤルした。

今度は即座に電話に出た。ジョニーは送話口に向かって笑い声を立て、電話を切った。電話ボックスを出て、カウンターでコーヒーを一杯飲み、スロットマシンに二十五セント硬貨を入れて二ドル儲けた。それから、もう一度電話ボックスに入り、ボンネヴィル・ストリートの番号をダイヤルした。話し中だった。

ジョニーは外に出て車に乗り、ドニファン・ストリートへ戻った。コブがのぼっている電柱にゆっくり近づきながら、ドニファン・ストリートの北側になにげなく目をやった。

小屋に毛の生えた程度の煉瓦造りの家があり、ベランダにがっしりした男が立っていた。男はウォルター・コブに望遠鏡を向けている。

男は生け捕りのマリガンだった。

ジョニーは通りを半分ほど進んだ。

ドニファン・ストリートから続く砂漠の小道に入り、一マイル先にある農場まで走ってからユーターンした。

生け捕りのマリガンは、まだ小さな家のベランダにいた。けれど、籐の肘掛け椅子を持ち出して、のんびりした様子でそれに身を沈めていた。望遠鏡を膝に置き、電柱にのぼっているウォルター・コブを静かに眺めている。

ジョニーは悪態をつき、フリーモント・ストリートへ引き返した。さっきとは違うドラッグストアに入り、〈ボンネヴィル・ストリート一四二八番地〉の電話番号をダイヤルした。

電話の相手はただちに応じた。「マリガンに要警戒」ジョニーは告げ、電話を切った。

ジョニーの言葉は、ボンネヴィル・ストリートの家にいる者には意味不明だろう。これはウォルター・コブに向けられた警告だからだ。

ひとまずウォルター・コブの家に戻るのが得策だとジョニーは判断した。漆喰塗りの小さな家の数軒手前で車を停め、歩いて戻った。

玄関のブザーを鳴らすとミセス・コブが現れた。薄汚れた化粧着から薄汚れた部屋着に着替えている。「ウォルターはどこだい？」彼女は尋ねた。

「たぶん」ジョニーは答えた。「歩いて帰っているところだろう。迎えに行くのは無理なんだ。生け捕りのマリガンがあとをつけているだろうから」

「ああ、それなら心配はいらないよ」とミセス・コブ。「マリガンはたまにウォルターに腹を立てるけど、あいつはウォルターにちょっとした借りがあるからね。ほんの数か月前、盗聴してつかんだすごい情報をマリガンに流してやったのさ……シカゴのビーラーと話をしたよ、ミスター・フレッチャー……」

「そうか。それで？」

「二十八ドルもかかっちまった」ミセス・コブはあからさまに告げた。「新しい情報が手に入ったら、すぐに電話をよこすってさ」

「何かわかったのか？」

「ジム・ラングフォードについてだけ。ビーラーが前歴を調べた。ラングフォードは二年前に殺人容疑で逮捕され、証拠があがらず釈放された。昨シーズン中はアーリントン競馬場への出入りを禁じられている。四年前はバーニー・オトゥールのボディーガードとして働いていたが、オトゥールが殺され、ラングフォードは仕事にあぶれた。で、警察はラングフォードを尋問した。当時は、彼がオトゥールに手をかけたとささやかれていたそうだよ。ところが誰も追及しないもんだから、結局、無罪放免になった」

「見上げた野郎だな」とジョニー。「母親にとっては優しい息子なのかもしれないが……チャッツワースについては？」

「ビーラーがそいつについて知っていることは名前だけ。これから調べるってさ。ハルトンに関する情報は皆無」

「ひとつ言い忘れていたよ——ビーラーから電話がかかってきたら伝えてくれ。ハルトンは全米代表選手だったと。十年くらい前だ」

「何の選手だい？」

ジョニーは肩をすくめた。「フットボールかな」

ジョニーが窓の外に目をやると、〈ラッキータクシー〉が道路わきに停車するのが見えた。黒い箱と釘付きの器具を抱えたウォルター・コブがタクシーからおりた。彼は運転手に料金を払い、家に戻ってきた。

ジョニーが扉を開け、コブが中に入った。探偵はにやりと笑った。「マリガンがあのあたりの住人だってことを忘れていた」

「尋問されたのか？」

「電柱をおりてから応じてやった。あとであんたに会いに行くそうだよ……」

「おれに？」

「あのな、マリガンはあんたが車で通り過ぎるのを目撃してるんだ。あんたに雇われたのを否定したところでどうにもならない」

ジョニーは渋面を作った。「生け捕りのマリガンと少々やり合うことになりそうだな」

「マリガンはそれほどものわかりの悪いやつじゃない」とコブ。「例えばこんな具合だ。あいつは盗聴内容を尋ねてきた。おれはだんまりを決めこんだわけだが、あいつはむりやり口を割らせるような真似はしなかった」

「きみは会話の内容を聞いていないのか？」

ウォルター・コブは両手をこすり合わせた。その様子を眺めながら、妻がふんと鼻を鳴らした。

「もう、じらすんじゃないよ、ウォーリー。教えな――もったいつけずに」

「ええと、まず」コブが口を開いた。「あんたがあの家に二度電話をかけた。それから二分ばかりたって、連中が一回目の電話をかけた。連中はダイヤル式の電話を使っている。電話の相手はＨＣ牧場だと応答した……」

「――チャッツワースか！」ジョニーは叫んだ。

「たぶんな」とコブ。「でも、電話の主が呼び出したのはラリー・パイパー……」

「そいつは何者だ？」

「なあ、フレッチャー」コブが諭すように言った。「わかるわけないだろ。おれは電話線を通して知ったことだけを話している。電話の相手に質問できると思うか？」

「おやめ、ウォーリー！」ミセス・コブがぴしゃりと言った。

コブはうなずきながら口をつぐみ、ふたたび話し始めた。「さて、ラリー・パイパーなる人物はがさつな声の持ち主だった。カウボーイかもしれない。用心し、不審なことが起きたら電話ですぐに知らせろと念を押されていた。それともうひとつ。電話の主はカールと名乗った」コブはジョニーを鋭く見やった。「カールだ。ジムじゃない……」

「なるほど」ジョニーは応じた。「カールか。そいつなら知っている。二回目の電話はどこにつながった？」

「エル・カーサ・ランチョだ――電話交換手が確認した。電話の主はカールじゃない――声がカールの声よりずっと太くて荒々しかった。こいつは二十四号室を呼び出した……」

「二十四号室？」ジョニーが声をあげた。「確かか？」

「交換手はその部屋番号を繰り返した」

「おれの部屋だ！」

「へえ」とコブ「四十一号室は誰の部屋だい？」

「四十一号室？」

「四回目の電話の相手先だ。あんたの部屋同様、応答はなかった」

ジョニーは顔をしかめた。「三回目の電話の相手は？」

「マーク・モリソン。地元の弁護士で、おれはときたま、こいつに少しばかり手を貸してやっている。この電話の主はジム・ラングフォードと名乗り、モリソンにこう伝えた。明日、妻が起こした離婚裁判に出席し、妻が正真正銘のネバダの居住者ではないと主張すると……」

「ネバダでは、その主張は有効なのか？」ジョニーが言葉を挟んだ。

「夫が証明できるかどうかによるな。妻が一晩でも州から出ていれば――それを証明できれば――妻は最初からやり直さなきゃならない」

ジョニーは考えこむようにうなずいた。「モリソンはどう考えているんだろう？」

「楽観している。ミセス・ラングフォードが必要な期間居住していることを裏づける確かな証拠がある、あなたがこの期に及んでこのような態度をとるとは残念だ、とラングフォードに言った。すると、ラングフォードがモリソンに向かって忌々しいインチキ弁護士と毒づき、ミスター・モリソンは電話を切った。で、ミスター・フレッチャー、あんたが三度目の電話をかけてきて、おれは電柱からおりることにした」

「誰の会話を盗聴したのかマリガンに明かしたのか？」

「あいつは尋ねてこなかったよ」

「意外だな」ジョニーは眉を寄せた。「マリガンが探ろうとしないなんて、どうも気にくわない。おそらくきみの考えでは……」

電話が突然鳴り、ミセス・コブが急いで食堂に向かった。受話器を取った。「ミセス・コブです。はい……」彼女はジョニーに合図した。「シカゴの……」

「おれに代わってくれ」ジョニーは声を張りあげ、大股で食堂に向かった。受話器を受け取るや、ビーラーの嬉しそうな声が聞こえてきた。

「ビーラーか」ジョニーは電話口で叫んだ。「ジョニー・フレッチャーだ。元気か？」

「まずまずだよ」ビーラーが答えた。「さっそく本題に入ろう。時は金なり……」

「愛想のなさは相変わらずだな」とジョニー。「まあいい。さあ、教えてくれ――何をつかんだ？」

「チャッツワース――ホーマー・チャッツワースはハーバード大学を一九一六年に卒業した。グレンコー在住。ユニバーシティ・クラブとミッドウェスト・アスレチック・クラブに所属。セントラル・アクシデント・アンド・アシュアランス・カンパニーの社長。ノース・サイド・バンク・アンド・トラスト・カンパニーの取締役。バーハーバーに夏用別荘を所有。ネバダ州ラスベガスに牧場を所有。男やもめ……」

「わかった、わかった」ジョニーが言葉をさえぎった。「その類いの情報は全部、名士録から入手できる……」

「なら、名士録を見ろ」ビーラーが噛みつくように言った。「こっちは、でかい殺しの案件を抱えながら、あんたのためにひと肌脱いでるんだぜ」

「嘘つけ。二百ドルのためだろ……」

「――まだ、いただいてないがね」ビーラーが大声で言い返した。

「そのうち送金する。ほかにわかったことは？」

「チャールズ・ハルトンは電話帳に載っていないが、同姓同名の男が存在し、車を所有している。ライセンスナンバーは六N六六―六三。ノース・サイド近くのホテルで暮らしているから、この電話が済んだら訪ねてみるつもりだ。じつは、電話をかけたのは、ラングフォードのことを知らせたかったからなんだ……彼はシカゴでのっぴきならない羽目に陥ったようだ。四週間ほど前、彼とちんぴら仲間がオーハイ・クラブで武装強盗を働いた。ラングフォードの妻が結婚前にこのクラブで歌っていたから、店の連中はラングフォードを知っていた。妻は何も悪くないんだ。彼女の芸名はジェーン・キャッスル、本名はブロス……」

「なに！」ジョニーが叫んだ。

「ブロス」ビーラーは続けた。「ジェーン・ブロス。この名前に何か意味があるのか？」

「きみに二百ドルを上乗せして払ってもいい。だから、彼女の詳しい経歴――父親のファーストネーム――親戚の名前、経歴、現在の住所を探ってくれ。それを優先して――ほかのことはすべて後回しだ。いいな？」

「了解、フレッチャー」

ジョニーはすぐさま電話を切り、コブ夫妻のほうを振り向いた。

「ビーラーはおもしろいネタを手に入れたのか？」ウォルター・コブが尋ねた。

ジョニーは受話器をコブにさし出した。「ミセス・ラングフォードの裁判を担当するモリソンとかいうやつに……ときどき手を貸しているそうだな。電話して、ミセス・ラングフォードの旧姓を聞き出してくれ……」

コブはうなずき、番号をダイヤルした。「ルイーズ」電話に向かって言った。「ウォルター・コブだ。ボスと話をしたいんだが……ああ！……なあに、かまわないよ。ただ……ひとつ頼まれてくれないか。ミセス・ラングフォードの離婚嘆願書を見て……彼女の旧姓を教えてほしい……」コブはうなずいた。「ありがとう、ルイーズ。恩に着るよ……」彼は電話を切った。「マークはエル・カーサ・ランチョまで出かけている。ミセス・ラングフォードに会うために――」

「それで、それで」ジョニーがじれったそうに叫んだ。「旧姓は……？」

「ルイーズは書類を手元に置いていた……」ジョニーが顔をゆがめてつめ寄ってきたので、コブはたじろいだ。「ブロス！」

「なんとまあ！」ミセス・コブが言った。「思いもよらない名前が飛び出したね」

「まったくだ」とジョニー。「その名前をビーラーはたまたま口にした……」

「ハリー・ブロスの娘なのかい？」

「どうやらそのようだな――ビーラーに確かめさせよう」

「ミセス・ラングフォードに直接聞いたらどうだろう」コブが提案した。

「それはやめておこう」

ジョニーはポケットに手を入れ、札束から百ドル紙幣を二枚抜いた。「この金をシカゴにいるビーラーに送ってくれ……」

「送金するのだってただじゃない」

ジョニーはいら立った様子で紙幣をもう一枚抜いた。「余った金は予備費としてとっておくといい」

ジョニーはドアのほうへ向かった。「ビーラーから情報が入り次第、エル・カーサ・ランチョに電話してほしい。おれが部屋にいないときは、ベルボーイのニックを呼び出して、おれを探すよう伝えてくれ」

第十七章

ジョニーはエル・カーサ・ランチョの正面に車を停め、そのままミセス・ラングフォードの部屋へ向かい、ドアをノックした。返事はなかった。ドアが開くかどうか試してみたら、鍵がかかっていた。

ジョニーはもどかしい思いで自分の部屋へ戻った。バスルームにサム・クラッグのスーツがかけてあった。部屋をあとにし、カジノへ向かった。すでにテーブルでゲームが繰り広げられていたが、ジョニーはもうそそられなかった。ロビーを抜け、ホテルの正面にあるテラスに出た。

そこにサム・クラッグがいた。女性宿泊客たちが彼をとり囲んでおり、皆うっとりした表情を浮かべている。サムはどこからか調達した水泳パンツをはいていた。けれどもプールに入ってはいないようだった。あるレスリングの試合での自分の戦いぶりを熱く語っていた。

「……やつは親指でおれの目を突こうとした」とサム。「そこで、おれは肘鉄をお見舞いした。やつはいきり立ち、蹴りつけてきた――その――蹴ってはいけないところを。一瞬、おれは何が起きたのかわからず、マットの上に倒れた。やつはおれの両肩をマットに押しつけようとしたが、おれの本能がそれを許さない。おれは復活した。禁じ手を使わず、やつがふらふらになったところで、とどめを刺し……やつをつかみあげてリングの外に放り出した。やつは鎖骨と四本の肋骨を折り……」

ここまで話したとき、サムは聴衆の向こうにジョニーの姿を認めた。サムの顔に気恥ずかしげな笑みが広がった。「ちょっと失礼」崇拝者たちに告げた。「野暮用で友達に会わなきゃならない」

「よろしくやってるな」美女たちのわきをすり抜けてきたサム・クラッグにジョニーが言った。

「いや、そんなんじゃないよ……」

「赤毛の友達はどこにいるんだ？」

「弁護士に会いに行った……」

「弁護士と言えば！」ジョニーの顔が険しくなった。ふいにサムから離れ、ジェーン・ラングフォードのもとへ向かった。彼女は、石張りのテラスの奥の一角に置かれたパラソル付きのテーブルについていた。向かいの席に、小柄なガニ股の男がブリーフケースを持ったまま座っている。

ジェーン・ラングフォードはジョニーと顔を合わせるのをあまり喜んでいないようだった。

「こんにちは」彼女はそっけなく言った。「こちらはミスター・モリソンよ。ミスター・フレッチャー」

小男は勢いよく立ちあがった。「どうぞよろしく。ミセス・ラングフォードの弁護士です。腕利きの弁護士が必要になったら、わたしのところにお出でください」彼はミセス・ラングフォードにお辞儀をした。「わたしが話したことを忘れないで……」それからジョニーに向かってうなずいた。「お会いできてよかった」こう告げると、そそくさと立ち去った。

ジョニーはミスター・モリソンがいた席に腰をおろし、ジェーンを見つめた。

「何事かしら？」ジェーンは棘のある口調で尋ねた。

「旧姓がブロスだということをなぜ黙っていた？」

ジェーンはテーブルに置いたハンドバッグを手に取り、立とうとした。「そういう話ならもう結構よ」

「あの男は――きみの父親なのか?」

「ねえ、ミスター・フレッチャー」ジェーン・ラングフォードは言った。「わたしは考え事で頭がいっぱいなの。だから質問攻めなんて御免だわ」

ジョニーは立ちあがり、彼女が小脇に抱えているハンドバッグを抜き取り、テーブルに戻した。「ベイビー」とジョニー。「おれもいっそ感情に身を任せてしまいたい。だが、それでは何の解決にもならない。気持ちはわかる。きみは弁護士から悪い報告を受けたばかりだ――」

ジェーンが怒声をあげた。「なぜそう思うの?」

「きみの夫はこう脅してきた。明日の裁判に出席し、きみがこの州の居住者になるための条件を満たしていないと主張すると……」

ジェーンの瞳が見開かれた。ジョニーは口をゆがめて笑った。「今朝、ジム・ラングフォードの電話を盗聴したんだ」

ジェーンはジョニーを見つめた。「馬鹿な真似ばかりするのね」

「ラングフォードは脅しをかけてきた――そうだろう?」

「ええ。だけど、なぜ……」

「なぜ、きみの旧姓がブロスだということや……きみがシカゴのオーハイ・クラブでジム・ラングフォードと出会ったこと、きみがそのクラブで歌っていたことをおれが知っているのか……?」

「ほかにも何か知っているの?」

「あれこれね――今日のうちに、もっと知ることになるだろう……シカゴの私立探偵にきみのことを調べさせているのさ……これは内緒にしておくつもりだったが……」ジョニーは肩をすくめた。

ジェーンの頬から赤みが消えた。「わたしを困らせようという魂胆ね……」

「おい、おい！　助けようとしているのさ。きみがおれに隠し事をしているから、ほかの情報源を頼りに、それが何なのか突きとめなきゃならない。きみがどんなトラブルに巻きこまれているのか知っておかないと、助けられない……」

「トラブルに巻きこまれてなどいないわ。おわかりかしら？」

「気づいていないようだが、きみはその渦中にいる。きみの父親は……」

「あの人は父じゃない！」

「では誰？」

ジェーンは唇を噛んだ。「おじよ。でも、おじのことはほとんど知らないの。八歳のときに一度会ったきりだから。わたしがここに来たら——彼が現れて、おじだと名乗ったの」

「本当におじさんなのか？」

「ええ。わたしの家族について、いろんなことを話してくれたわ」

「どういう経緯で、きみのことを知ったのかな？　宿泊者名簿に旧姓を書いたわけじゃないだろ？」

ジェーンの瞳が曇った。「わたしのシカゴでの経歴を調べたらしいの。そして、離婚するためにここへ来ることを新聞で知った……」

「新聞に載ったのか？」

「ほんの数行だけ」ジェーンは首を振った。「ミスター・フレッチャー、あなたは本のエージェントなんでしょ？」

「ああ」

「だったら、自分に関係ないことは放っておいて、本を売りに行ったらどう……?」

「関係ない? きみのおじさんは、デスバレーでおれに見守られながら息絶え、何者かが亡骸をここまで運び、おれの部屋に置いた。それなのに関係ないと言うのか?」

「警察に任せましょう」

ジョニーが笑い声を立てた。「冗談じゃない。おれは今のところ、刑務所送りにならずに済んでいるが。まだ捜査中だから」

「あなたが刑務所に入るという結末になるの?」

「いいかい」ジョニーは語気を強めた。「警察は是が非でも犯人を挙げなきゃならないんだ。犯人の目星がつかなければ、おれが餌食にされる」

「あなたにはお金がたっぷりあるんだから、街から出ていけばいいじゃない」

「逃げきれると思うかい?」

ジェーンは疲れた様子でため息をついた。「わからないわ。でも、これだけは確かよ。わたしはひとりになりたい。これから二十四時間、できるかぎり心穏やかに過ごしたいの……」

ジョニーは立ちあがり、ハンドバッグを渡した。「それなら、もうそっとしておくよ」

ジェーンは去っていった。ジョニーは彼女がホテルに入るのを見届けた。サムはまだいるだろうかとあたりを見回したが、かの色男の姿はなかった。ジョニーは首を振り、ホテルのロビーへ向かった。

第十八章

ホテルのロビーに入って最初に目にした人物はベルボーイのニックだった。カジノから出てくるところで、スコッチのソーダ割りを載せたトレイを持っている。

ジョニーは挨拶した。「やあ、ニッキー！」

ニックはトレイをテーブルに置き、ジョニーから渡された黄色のチップをポケットに入れた。「なんなりとお申しつけください、ミスター・フレッチャー」彼は熱をこめて言った。

「宿泊者名簿をちょっと見られるかい？」

「ビショップの首を締めるなら！　何をお知りになりたいのですか？」

「この面々がいつチェックインしたか知りたい。ジェーン・ラングフォード、ミスター・チャッツワース、チャールズ・ハルトン」

「ミスター・チャッツワースは当ホテルに宿泊なさっていません……」

「そうか――うっかりしていたよ。では、いつから彼がこのあたりに現れるようになったか調べてくれるか？　ついでに、ハリー・ブロスと……ニック・フェントンがいつからここで働き始めたのかも知りたい」

「三十分で突きとめます」ニックは約束した。

ジョニーはそのままカジノへ入り、ニック・フェントンが受け持つブラックジャックのテーブルの前で足を止めた。黄色のチップを四枚さし出し、ブラックジャックを引き当てた。続いてクラップスのテーブルに移り、まず五十ドル、次に百ドル、さらに二百ドルを賭けた。

ウィット・スノウはその様子を眺めながら、嘆かわしげに首を振った。「どこまで幸運が続くんだ？」

「五万ドル稼いだら」とジョニー。「切りあげる」チップをポケットに入れ、カジノをあとにし、車道を横切ってカバナへ向かった

サム・クラッグはちょうど着替えを済ませたところだった。「今日の午後はどうする？」

「おれは寝る」

「しばらくサイコロを投げてきてもかまわないか？」

ジョニーは黄色のチップをひと握り取り出した。「楽しんでこい――このチップが飛び交うところには、まだまだ金がうなっているぞ」

サムが部屋を出ていくと、ジョニーはベッドにからだを投げ出した。力なくため息をつき、目を閉じた。するとドアを拳でたたく音がした。

「勘弁してくれよ！」ジョニーはうめくように言った。

ドアが開き、生け捕りのマリガンが現れた。「よう、フレッチャー」陽気な口ぶりだ。「友人を紹介したい。エド・ライトだ」

マリガンがわきに身をよけると、痩せて鋭い顔立ちの四十がらみの男が部屋に入ってきた。「はじめまして、フレッチャー」ライトが言った。

「地方検事局に勤めている」マリガンが簡単につけ加えた。

ジョニーはからだを起こした。「おれをしょっぴくのか？」

「いえ、いえ」とライト。「マリガンがわたしのオフィスを訪ねてきて、あなたに会いに行くと言うので、それならお供しようと思いまして」

「例の盗聴の件だが」マリガンが言った。「おれは電話の内容をコブにあえて尋ねなかった。盗聴している最中だったからな。それに、どうせ吐きやしないだろう。締めあげてもよかったが――手荒な真似はしたくない」

「うん」とジョニー。「長年の友情を壊したっていいことないよな？」

「同感だ」

「ラングフォードについてですが、ミスター・フレッチャー」ライトが口を開いた。「彼とあなたのご友人は、なんというか――大立ち回りを演じたのですか？」

「そうとも、大立ち回りを演じた。ラングフォードがサムになめた口をきき、サムがやつを投げ飛ばした。ラングフォードは当然の報いを受けたのさ」

「ラングフォードは昼間、おまえにも狼藉を働いたそうだな」マリガンが尋ねた。

ジョニーが答えようとしたら電話が鳴った。彼は受話器を取った。「もしもし？」ウォルター・コブだった。「ミスター・フレッチャー、ビーラーがたった今電話をよこした。彼の話によると、ハリー・ブロスはジェーン・ブロスのおじだ。シカゴではちょっとした有名人らしい。カジノに雇われていたころ、三年間で四回警察の厄介になっている。五年以上前の話だ。この五年間、シカゴでは悪さをしていない」

「申し分ない」ジョニーは受話器に向かって言った。「あとは、新型モデルの値段を教えてくれるか?」

「ははあ」コブが声高に言った。「誰かいるな。マリガンだろう?」

「正解」

「そういうことなら、手短に済ませよう。ビーラーはハルトンにつながる手がかりを失った。くだんのハルトンはまったくの別人だった。また電話する――それとも、そっちからかけるか?」

「追っておれから連絡する――どのモデルを買うか決めたら。じゃあな……」

ジョニーは電話を切り、マリガンとライトのほうを向いてにっこり笑った。「おれのおんぼろ車はガタがきたんでね」

「買い替えるのか?」マリガンが尋ねた。

「新型モデルに」

マリガンはうなずき、ベッドへ近づいた。「電話を使ってもいいか?」

「どうぞご自由に」

マリガンは受話器を取った。「交換手、警察本部につないでくれ」彼は告げた――「ネッドか? マリガンだ……そうだ……よし……そのまま続けてくれ……」

彼は電話を切った。「盗聴の世界ではな、フレッチャー、やったりやられたりする」

「えっ?」

「おまえの電話も盗聴されるってことさ」

ジョニーはごくりと唾を飲んだ。「盗聴したのか?」

マリガンはうなずいた。「おまえの電話の相手はウォルター・コブ。コブの報告によると、ビーラーが電話をかけてきた。ハリー・ブロスはジェーン・ブロスのおじ。三年間で四回逮捕された……」

「……ハルトンにつながる手がかりは潰えた」ジョニーは言葉を引き取った。

「おれたちわかり合えてきたな、フレッチャー」

「そのようだな」ジョニーはぶすっとしている。

「では、座って冷静に話をしよう。コブはラングフォードの電話から何をつかんだ?」

「ラングフォードとカール・シンは三回電話をかけた。まずHC牧場のラリー・パイパーという男に電話し、用心しろと警告した……」

「その名前を書きとめておこう」マリガンは手帳と鉛筆を取り出した。「残りの電話の相手先は?」

「ひとつはエル・カーサ・ランチョ――二十四号室……」

「この部屋か?」

「ああ。おれは電話に出なかった。ここにいなかったから」

「クラッグは?」

「――プールでご婦人方に筋肉を披露していたよ。三回目の相手先はマーク・モリソン。弁護士だ。ラングフォードは脅しをかけた。ミセス・ラングフォードの裁判が始まったら出廷し、彼女がネバダの居住者になるための条件に違反したと主張すると……」

「電話はそれでおしまいですか?」ライトが会話に割りこんだ。

「着信が三つあった――どれも正体不明」

「どういうことですか――正体不明とは?」

「おれが電話の主なのさ。不安がらせて仲間に連絡するよう仕向けたんだ」

「仲間って誰だ?」マリガンが尋ねた。

「それをあぶり出してやる。仲間のひとりはパイパー。HC牧場の人間だろう」

マリガンは顔をしかめた。「その牧場は辺鄙なところにある――おれの管轄外だな」

「けれども、わたしの管轄だ」ライトがうれしそうに言った。「わたしが牧場を訪ねてみるよ――保安官と一緒に」マリガンに意味ありげな視線を送り、ジョニーのほうへ少し頭を傾けた。「どう思う、マリガン?」

「フレッチャーか?」ライトがうなずくと、マリガンは答えた。「用済みだな」

「おふたりさん、もうおれにかまわないでくれ」ジョニーはおもしろくないといった様子で言葉を挟んだ。

ライトはジョニーを見さえしない。「盗聴したから、それだけで刑期六か月……」

「それに司法を妨害した罪で六か月の加算」

「よし、マリガン、わたしが令状を用意しよう……」

「朝まで待つよ、エド……」マリガンがようやくジョニーを見た。「はったりじゃないぞ、フレッチャー。おれは朝九時に令状を持ってここへ来る」

「だから街から出ていけってことか」

「いや、いや――他意はない。おれは朝になったら令状を持ってここへ来る……」

「はいはい、わかったよ」ジョニーは言った。「おれの邪魔だけはするなよ……」電話が鳴り、無意識に受話器を取った。「もしもし?」

しゃがれた声が聞こえてきた。「こちらは警察本部です。マリガン刑事はそこにいますか?」

「いるよ。ちょっと待ってくれ」ジョニーは受話器をさし出した。「あんたに……」

マリガンが受話器を受け取った。「マリガンだが……」顔に驚愕の色が浮かんだ。「すぐに向かう!」彼はがしゃんと電話を切った。「来てくれ、エド。おまえも来い、フレッチャー……」

「いったいどうした?」ライトが尋ねた。

「撃たれた」マリガンがフレッチャーに目を据えた。「ラングフォードという名の男が。ジム・ラングフォードが……!」

第十九章

ボンネヴィル・ストリート一四二八番地の家の前に、すでに三台の警察車両が停まっていた。生け捕りのマリガンは車を道路わきに寄せて停めた。ライト、マリガン、ジョニー・フレッチャーが車をおりた。

ふたりの制服警官が小さな家の玄関口に立っていた。ひとりがマリガンに向かって言った。「楽しい仕事ですね」

家の中に六人の警官と係官がおり、そのうちの大半が狭い居間に集まっていた。居間には寝椅子と粗末なテーブル、三、四脚の椅子がしつらえてある。床にジム・ラングフォードの死体が横たわっていた。死体はひどいありさまだった。

レザージャケットを着こんだ男がマリガンに向かってうなずいた。「おまえの奥さんが銃声を聞いたんだよ、マイク」

「何発も撃ったようですね」マリガンは死体に視線を落とした。

「四発がからだに命中し、二発が壁に食いこんでいる」レザージャケット姿の男は答えた。ジョニー・フレッチャーを見やり、マリガンに怪訝そうな目を向けた。

「彼はフレッチャーです」マリガンは言った。「この件に関する情報を持っています」

「ほほう」

マリガンはレザージャケット姿の男に向かってうなずいた。「こちらは本部長だ」

本部長はジョニーの品定めにとりかかった。「ホトケさんについて何か知っているのか?」

「名前はジム・ラングフォード」ジョニーは答えた。「たぶん、シカゴ警察はあんたに感謝するよ」

マリガンが口早に告げた。「本部長、ちょっといいですか?」

本部長はまだ心残りがあるらしく、ジョニー・フレッチャーに視線をそそいでいたが、やがて肩をすくめ、マリガンを促して別の部屋へ向かった。ジョニーはふたりが部屋から出ていくのを見届けると、ジム・ラングフォードの死体のまわりをそろりそろりと歩いた。寝椅子のわきに黄麻布の大袋が置いてある。ごつごつしたものが大袋の半分くらいまで入っているようだが、上部が折ってあるので中身は見えない。

警官たちはまだ部屋の中を動き回っていた。

ジョニーは寝椅子に腰をおろした。寝椅子の端に手をかけ、その手を黄麻布の大袋の上に置いた。そして指で大袋を開けた。

「おい!」警官のひとりが叫んだ。

ジョニーは大袋の中をのぞいた。レザーブーツ、丸みを帯びた水筒が入っており、水筒入れは塩にまみれている。警官がジョニーの手を払いのけた。「触るな!」警官は語気鋭く言った。

マリガンが部屋へ戻ってきた。ジョニーに目配せした。ジョニーは立ちあがり、マリガンに従って部屋をあとにし、家の外へ出た。ライトは家に残った。

「おまえはどこまでもツイてるやつだな」マリガンは冷めた口調で話しながら歩道の端まで歩いてい

った。

「どうしてそう思う?」

「おれの妻は、さすがは刑事の妻だ。あいつは銃声を聞き、時間を確認してから警察本部に電話した。この十分で、おまえは容疑者から外れた。銃撃発生からおれがおまえのホテルの部屋に入るまでの時間はほんの四分……その時間でおまえがホテルに戻るのは不可能だ」

ジョニーはマリガンの隣の助手席に乗りこんだ。「奥さんはたいした女性だな、マリガン!」

マリガンは曲がり角を左折し、アクセルをぎゅっと踏んだ。「本人にそう伝えろ」

「ああ!」

マリガンは舗装されていない道を一ブロック半進んだ。そこから二本のわだちが彼の小さな家へ続いていた。

マリガンとジョニーが車からおりると、ミセス・マリガンが玄関まで出てきた。

「ネル」マリガンが言った。「こちらはジョニー・フレッチャー。フレッチャー、妻だ……」

ミセス・マリガンはジョニーと握手を交わした。ジョニーはマリガンに告げた。「なるほど、あんたが話したとおりの女性だな……」

ふたりは家の中へ入った。マリガンは小さな台所からビール瓶を二本取ってきた。それを開け、一本をジョニーに渡した。

「ちょっと座ってくれ」

ネル・マリガンは寝室に向かっていたが、くるりときびすを返した。「もう——あの家へ行ったの?」

「うん。本部長から話を聞いた。きみは銃声を聞き、車――大きなリムジンが走り去るのを目撃した。かなり離れていたからライセンスナンバーは見えなかった……」

「男がふたり乗っていたわ……」

「ふたり？」ジョニーが聞き返した。

「そいつらについておまえと話したい、フレッチャー」とマリガン。

「わたしは失礼するわね」ミセス・マリガンがささやくように告げた。「やることがあるから」

彼女は寝室に入った。

マリガンはソファに腰かけ、狭い居間の反対側にいるジョニーと向き合った。少しビールを飲んだ。

「男がふたり」彼は繰り返した。

「カール・シンと……ビルか？」

「おまえはどう思う？」

ジョニーはビール瓶を見つめ、ゆっくりと首を振った。「見当違いかもしれないが、思うにカール・シンは飼い猫だ。うなり声をあげるが、所詮は飼い猫……ジム・ラングフォードは別種の猫……」

「大型の猫？」

「野生の猫だ。ビルは――ブルドッグ。カールはビルより利口で、ビルはカールより喧嘩が強い。おそらくジム・ラングフォードはカールとビルより強い」

「ラングフォードは銃弾を四発食らった」とマリガン。

「銃のおかげで対等に渡り合えたんだろう」

マリガンはビール瓶を口に当ててごくごく飲んだ。瓶を持ちあげて明かりにかざすと、まだ一口分残っていたので飲み干し、床に置いた。

「フレッチャー」マリガンは言った。「ひとつおまえの耳に入れておきたいことがある」

「ジム・ラングフォードがハリー・ブロスを殺したことか？」

「知っていたのか？」

「昨日気づいたんだが、ラングフォードはごく最近日焼けしたようだ。で、ボンネヴィル・ストリートの家にあった大袋に服やら水筒やらが入っていて、どれも塩にまみれていた――デスバレーのものらしき塩……」

「ふむ」とマリガン。「昨日の時点で捕まえてもよかったんだ。カリフォルニアの連中にとってもそのほうがよかっただろう。では、なぜおれは逮捕しなかったのか？」

「ラングフォードがおまえを大金に導いてくれると思ったから」

マリガンはソファの背にもたれ、しばしジョニーを注視した。「やはり、すべてお見通しだな。さあ――教えてくれ……」

「ディーラーと共謀したやつらのことか？」

「そうだ」

「あんたはおれよりも情報をつかんでいるはずだ」ジョニーは低姿勢な態度を見せた。「有利な立場にいるんだから、共謀者の目星はついているんだろ……」

「まあな。連中は口をつぐんでやがる。明かさないのさ、何も……。連中がかすめ盗った金はいくらくらいかな？」

「十万ドル?」

「おれの推測では二十万ドル……」

「ハリー・ブロスはそれを独り占めしてとんずらした!」

マリガンは軽く眉をひそめた。「どうやらそうらしいな、フレッチャー。だが、どうも釈然としない。おれはハリーがどんなやつか知っている」

「正直な男だったのか?」

「おれが文無しで、その日の食い物にも事欠いていたころ、ハリーは一杯おごってくれた……おまけに、あいつが帰ったあと、ポケットの中をのぞいたら百ドル札が入っていたよ」

「これはアイオワ州のある男の話だ」とジョニー。「子供たちが、よく通りを渡ってその男に会いに行った。五セント硬貨を必ずくれるからだ。男は銀行の出納係で勤続三十二年だった。ある朝、そいつと銀行の金のおよそ半分が忽然と消えた」

生け捕りのマリガンはうなずいた。「ハリーは一日十五ドルでどうにか暮らしていた」手の甲で顎をさすった。「姪の婚姻によって、あいつはジム・ラングフォードの義理のおじになった。ところで、もう知っているかもしれないが、少し前、ラングフォードはこの街に数日滞在している」

「つまりこういうことだろう。ラングフォードは段取りをつけ、ひとまず身を潜めた。数週間後、一味が集結。二十万ドルをぶん取り、それが入ったバッグをハリーおじさんが持ち逃げした。甥のジムが追うも……バッグは戻らずじまい。疑問はまだある……ニックは何者か?」

「そうだな」とマリガン。「ニックはいったい誰なんだ?」

「ニック・ジョーンズ、ニック・ブリーク、ニック・フェントン、ニック・スミス、ニック・ブラウン……よりどりみどりだ……」

　マリガンは首を振った。「いろいろ考えたんだが、フレッチャー……ブロスはおまえの目の前で死んだ……おまえに名前を告げたとき、意識が混濁していたってこともありえるだろう？」

「そのとおり」とジョニー。「だから、おれはニック探しをとりあえず中断した」

「トランプについてはどうだ？」

「どうって？」

「本部長に別室に連れていかれたとき、ジム・ラングフォードの所持品を見たが、その中にトランプはなかった」

「ないだろうな」

「なぜそう思う？」

「トランプを持ってなかったから殺されたんじゃないのか？」

　マリガンは目を細めてジョニーを見つめた。「さっきもそうほのめかしたな。おまえの推理はこうだろう。一味を操る黒幕、謎のミスター・エックスが存在する。よし、その推理どおりだとして……黒幕は誰だ？」

「それがわかるなら」とジョニー。「二十万ドルを頂戴できる途轍もないチャンスがおれにもめぐってくる」

「二十万ドルは大金だ」生け捕りのマリガンは言った。「十万ドルでも大金だな……」

「十万ドル？」

「奪われたのはそのくらいだろう」

「おれは、あんたが二十五万ドルと踏んでいると思っていた」

「そいつは多すぎる」

ジョニーは腰をあげた。「これから用事を片づけて、明日の朝九時にこの街から出ていくよ」

「なに」とマリガン。「おれなら出ていかない。まだ……」

「そうしろと命じたのはあんただろ……」

「状況が変わった」マリガンは立ちあがった。「ホテルまで送ろう……」

マリガンの妻が寝室から出てきた。「さようなら、ミスター・フレッチャー」

「どうも、おじゃまさま……」

ジョニーは外に出て車に乗った。マリガンはまだ家の中にいた。一、二分遅れてマリガンが家から現れ、運転席に乗りこんだ。彼はジョニーを一瞥もせず発進した。会話する気がないようなのでジョニーは黙っていた。

マリガンはホテルの玄関の前に車を停め、ジョニーをおろすと無言のまま走り去った。

ジョニーはカジノに入った。五セント硬貨用のスロットマシンの前にサム・クラッグがいた。サムはだらしなく笑った。

「まさかサイコロがこうも無情なやつだったとは」

「負けたのか?」

「五セント硬貨しか残ってない」

サムがひと握りの五セント硬貨をさし出した。ジョニーがサムの手をたたいたので、五セント硬貨が床に散らばった。

「鳥にでもくれてやれ」ジョニーは大上段にかまえた。「来いよ、おれの手にかかればサイコロも優しくなる……」

ふたりはクラップスのテーブルに近づいた。女のシューター（サイコロの投げ手）が十二の目を出し、淑女にふさわしくない言葉を吐いた。女は一ドルチップを投げ入れた。

「また負けたら」女は息巻いている。「こんなサイコロ、放り捨ててやるわ……」

「有り金を全部賭けてしまいな、お嬢さん」ジョニーは愉快そうに声をかけた。「おれは、きみが勝つほうに賭ける。だからきみは負けない……」

女はジョニーに侮るような視線を投げかけ、サイコロを手の中で転がした。ジョニーは八枚の黄色いチップを〈Pass Line〉に置いた。女は七を出し、ジョニーをちらりと見た。

「このまま続けるわ」高らかに宣言した。

ジョニーはすでに賭け金の上限まで賭けていたので、しかたなく二百ドル分のチップを引っこめた。それをサム・クラッグに渡し、すべて賭けるよう身振りで示した。

負けの目ばかり出していた小柄な女が、ナチュラル――七と十一ばかり出し始めた。女が七回続けて勝つと、ジョニーは〈Don't Pass〉にチップを移した。するとたちまちセブンアウトになった。

「ねえ――いったいどうなってるの？」女は叫んだ。「わたしが負けるほうにあなたが賭けたとたん、負けてしまった……」

「だが、黄色のチップを手に入れた」とジョニー。「それで御の字だろう」

ギルバート・ホンシンガーがオフィスから現れ、ジョニーの姿を認めると、ゆっくり近づいてきた。

ジョニーはシューターが勝つほうに賭けて二回勝ち、次にシューターが負けるほうに賭けた。そうしてサイコロを投げる順番がジョニーに回ってきた。

「金はまだ残っているかい？」ジョニーはホンシンガーに対して小馬鹿にするようなもの言いをした。

ホンシンガーは首を振った。「夕食のあと、ゲームをする予定なんだ」

ジョニーはサイコロをテーブルの上に置いた。「そういうことなら、ゲームに備えてひと休みするとしよう」

「時間は七時ごろだ」

ジョニーはうなずき、その場を離れようとした。そのとき、ひとりのベルボーイがカジノに入ってきて、大きな声で呼ばわった。「ミスター・フレッチャーはいらっしゃいますか……！」

ジョニーはベルボーイに合図を送った。

「おれがフレッチャーだ」

「お電話です」

「部屋で取る」ジョニーは告げた。「ほらよ……」ベルボーイにチップをぽんと投げるように渡した。黄色いチップだったので、ベルボーイは腰を抜かしそうになった。

ジョニーはサムの先に立ち、急いでカバナの部屋へ戻ったが、ドアの鍵を開けるのに数秒間手間取った。鍵がすでに開いていたからだ。部屋の中で電話が鳴り始めた。

ジョニーはぐいとドアを押し開け、とたんに動きを止めた。ジェーン・ラングフォードが肘掛け椅子に座っている。

「やあ」ジョニーは声をかけながら部屋を横切り、受話器を取りあげた。「もしもし？」

「ミスター・フレッチャー」声の主はウォルター・コブだった。「ビーラーからまた電話があったぞ」

「それで?」

「ハルトンに関しては収穫なし――この名前の人間が全米代表選手に選ばれたことはない」

「ほかには?」

「ブロス家についての情報がある」

「それはもう必要ない」

コブが異を唱えた。「待てよ、ミスター・フレッチャー、かなり興味をそそられる情報だぞ……」

「必要ない」ジョニーはジェーン・ブロス・ラングフォードを見ながら繰り返した。

「ビーラーからの情報はすべて用無しか?」

「ああ」

「……それとも、今話しちゃまずいのか?」

「いいや――情報はもう揃った」ジョニーは電話を切った。

サムが戸口に現れた。

「モリーからの電話だ」ジョニーはサムに告げた。「おまえといっしょにカクテルを飲みたいそうだ……」

サムは小躍りした。「どこにいるんだろう――バーかな?」

「ハズレ。自分の部屋だよ……」

サムはにやにやしながら出ていった。ジョニーは部屋を横切り、ドアを閉めた。

「聞いたわ……ジムのこと……」ジェーン・ラングフォードが口を開いた。ジョニーは無言のままうなずいた。「ひどすぎる」ジェーンは続けた。「でも、あの人は当然の報いを受けたのかしら……?」

「そうだ」

「あの人なの……？」

「……おじさんを殺したのは？」

「ええ」

ジョニーはうなずいた。ジェーンは彼をじっと見つめ、疲れた様子で吐息を漏らした。「あなたはニックという名の人を探していたけれど」少し言葉を切った。「わたしが小さかったころ、おじはよくシカゴの我が家を訪ねてくれた……よそに移ってディーラーになるまで……当時、おじはわたしを……ニッキーと呼んでいたの……」

ジェーンはツーピースのポケットに手を入れ、箱に入ったトランプを取り出した。

ジョニーはジェーンに近づき、箱を手にした。それを一瞥し、不審そうな目でジェーンを見た。

「昨日の夜、引き出しの中から見つけたの」ジェーンはジョニーの部屋と自分の部屋をつなぐコネクティングドアを指さした。「あなたの側の鍵がかかっていなかったから……」

ジョニーは箱からトランプを出し、扇状に広げた。「トランプを調べたのか？」

ジェーンはうなずいた。「おかしなところはなかったわ」

「おれの考えでは、きみの——ジム・ラングフォードはトランプをめぐって殺された」

ジェーンはやるせなげにジョニーを見上げた。「わたしのまわりで次々と……おじも夫も……」ジェーンの言葉がとぎれた。ジョニーはとっさに身をかがめ、彼女にキスをした。

ちょうどそのとき、サム・クラッグがぱっとドアを開けた。「おい！」声をあげた。「モリーは部屋にいない……」彼は口笛を吹いた。「おやおや！」

ジョニーはジェーン・ラングフォードから離れ、サムをぎろりとにらんだ。「ときどき思うよ、サム。どうしておれはおまえに耐え続けているんだろうって……」

ジェーン・ラングフォードが立ちあがった。「いいのよ」サムに弱々しくほほえみかけ、ジョニーを見もせず出ていった。ジョニーはコネクティングドアに歩み寄った。掛け金がはずれているので取っ手を回してみた。ドアは開かない。ジェーンの側の鍵がかかっているのだ。

ジョニーは取っ手から手を離し、サムのほうを向いた。

「ああ、まいったな。ジョニー……おれ、知らなかったもんだから……」

ジョニーは言った。「そういえば、まだ昼食を食べてないな……もう夕食の時間だが」

第二十章

黒色のネクタイをしめたギルバート・ホンシンガーがレストランに入ってきた。ジョニーとサムがパイのアイスクリーム添えを食べている最中だった。

「さて、おふたりさん」ホンシンガーは尋ねた。「ゲームに向けて準備万端か？」

「ティドリー・ウィンクス（小さな円盤を大きな円盤で弾いてカップの中に入れるゲーム）、パチーシ（双六に似たインドの盤上ゲーム）、ロト（数合わせゲーム）」ジョニーは言った。「何のゲームをするのか教えろ」

「ポーカーだ」

「ポーカーならおれも慣れてるよ」サム・クラッグが口を開いた。

「それでは行こうか？」

「どこへ？」ジョニーは尋ねた。

「チャッツワースの家に招待された」

ジョニーは椅子をうしろへ押しやった。

三人がカジノの裏口から出ると、大きなリムジンが待っていた。青白い顔をした三十がらみの男が運転席に座っている。

ホンシンガーはジョニーとサムのために後部座席のドアを開け、ふたりが乗りこむと、あとに続いた。彼は真ん中の席に腰をおろした。

「よし、トッド」ホンシンガーが運転手に告げた。「チャッツワースの牧場まで頼む」

車は勢いよく発進し、ホテルの車道を抜けてハイウェイに入った。百ヤードも進まないうちに時速六十マイルに達した。

「ミセス・ラングフォードの夫の件は、あんたの耳にも入っているのか?」ジョニーはなにげなく尋ねた。

ホンシンガーはうなずいた。「やつの自業自得だ」

「ラングフォード一味にいくら盗られたんだ?」

ホンシンガーはうっすら笑った。「わたしは盗られてないよ、フレッチャー」

「聞くところによると、連中は、あんたを含めた数人から二十万ドルを奪ったそうじゃないか」

「ライリー・ブラウンもチャッツワースの家に招かれている」ホンシンガーは言った。

ジョニーは肩をすくめた。「プレイヤーが増えれば、それだけおれの儲けがでかくなる」

まだ陽の光が残っており、太陽は西方にそびえる山の端にかかっている。一日のうちで、この時間帯は格別だ。ジョニーは背にもたれて風景を楽しんだ。リムジンはエル・ランチョ・ベガスやザ・ラスト・フロンティアをすいすい通り過ぎ、数マイル進んだところで立派な砂利道に入った。砂利道はハイウェイから半マイル離れたあたりで涸れ川沿いに出た。リムジンは涸れ川に沿って一マイルほど走ると右に折れ、岩がごろごろ転がる平地を抜けた。

開けた場所に出ると、ジョニーが初めて目にするHC牧場の建物群が現れた。ジョニーは軽く口笛を吹いた。大金がそそぎこまれた牧場だ。およそ一平方マイルにわたって灌漑牧草地が広がっている

――果樹が植えてあり、石垣の向こう側には主人の広大な屋敷と数えきれないほどの使用人宿舎や厩、納屋が立っている。

屋敷の前に車が数台停まっていた。ホンシンガーのお抱え運転手トッドがリムジンを停めるや、メキシコ人使用人がさっと近づき、車のドアを開けた。

「こんばんは、皆さま」使用人は流暢な英語で挨拶した。

「やあ、パンチョ」ホンシンガーが気安く声をかけた。

使用人は先に立って屋敷に入った。たいそう太ったインド人女性が一行を迎え入れ、娯楽室に案内した。娯楽室の広さは少なくとも幅が三十フィート、奥行きが四十フィートあった。

ビリヤードテーブルをはじめ、さまざまなものが置いてある。

部屋の中央にポーカーテーブルが鎮座している。チャッツワースと数人の客が部屋の奥にしつらえられた大きなカウンターに座っており、スペイン風の服に身を包んだメキシコ人使用人が飲み物を配っていた。

チャッツワースはホンシンガーとジョニーと握手を交わし、サム・クラッグを無視した。

「ギル」チャッツワースが言った。「きみはライリー・ブラウンと面識があるよな。フレッチャー、こちらはミスター・ブラウンです……」

ジョニーは落ち着きのある白髪の男と握手をした。

「向かうところ敵なしといったご様子ですね、ミスター・フレッチャー」ブラウンが言った。

ブーツに西部劇風の服といういでたちの大男がカウンターのほうからやってきた。

「十万ドル稼げりゃ上々だな」大男は声を響かせた。

「隣人のシム・ペイジです」とチャッツワース。「彼の牧場は隣の郡まで広がっています……」

牧場主はジョニーの手を握りつぶさんばかりに握った。「会えてうれしいぞ、フレッチャー」サム・クラッグに手をさし出した。「そちらさんも、よろしく……！」

サムの目に驚きの色が浮かんだ。「おう……！」

ペイジは足をふんばり、サムの手をまたもやすごい力で握った。ところが、みるみるうちに顔面蒼白になった。サムは手を離した。「よろしくな、カウボーイ！」

「なんてこった」ペイジは叫んだ。「この四十年、野郎どもを握手でぎゃっと言わせてきたのに。握手で力負けしたのは生まれて初めてだ……」

「さて、皆さん」チャッツワースが言った。「そろそろ始めませんか？　あとから何名かお見えになります。騒がしくなる前にひと勝負いたしましょう」

「大賛成」牧場主のペイジが声を張りあげた。

チャッツワースは自分の都合のいいように客の席順を決めたようだった。ジョニーは勧められた席を素通りし、ライリー・ブラウンの右隣に座った。

サムはテーブルの反対側に回り、向かいの席にどかりと腰をおろした。チャッツワースは憮然としてサムの左隣に座った。最後にホンシンガーがサムの右隣に、ペイジがジョニーとチャッツワースのあいだに座った。

「お客様である皆さんが」チャッツワースは告げた。「賭け金の上限を決めてください」

「賭け金を制限したいやつなんているのか？」ペイジが尋ねた。

「一ドルでどうだい？」サム・クラッグが提案した。

ギルバート・ホンシンガーは薄笑いを浮かべ、泰然自若としたライリー・ブラウンはサムに冷たい眼差しを向けた。「一ドルだと？」

ジョニーは笑った。「サムはふざけなきゃ気が済まないタチでね」

「それでは無制限にしますか？」チャッツワースは尋ねた。

「もちろん」ペイジは答えた。「無制限だ」

「金ならあり余るほどある」ジョニーはさらりと言ってのけた。紙幣の束とひと握りの黄色いチップをテーブルの上にどさっと置いた。「このくらいでいいかな？」

「結構です」チャッツワースが返事をした。

「それを全部取り返してみせる」ホンシンガーが誓った。

給仕係がカウンターの奥から二組のトランプを持ってきた。チャッツワースは一組のトランプを扇状に広げ、親を決めるために全員がカードを引いた。ホンシンガーが親になった。

「ドローポーカー（手札をほかのプレイヤーに公開しない形式のポーカー）で勝負しましょう」ホンシンガーが告げた。「参加料《アンティ》は二十五……」

サムが二十五セント硬貨をテーブルの中央に投げ入れた。チャッツワースはその硬貨をつまみ、床に放った。ジョニーが一枚の黄色のチップをぽんと置いた。サムが目をパチパチさせた。

「そうか！」

サムはニタリとし、昼間クラップスをしている最中にジョニーからもらった黄色のチップ――三十二枚を取り出した。一枚をポット（賭け金を置くところ。ポーカーテーブルの中央部）へ押しやった。ホンシンガー、ペイジ、ブラウン、チャッツワースは現金を取り出した。チャッツワースは札束を自分の前に置きながら、一番下にある紙幣を一同に見せた。千ドル紙幣だった。

ホンシンガーがトランプをすばやく配った。

「手役（五枚のカードの組み合わせ）が七のワンペア（同じ数字のカードを二枚含む手役）でもベット（ひとつのラウンドにおいて最初に任意の金額を賭けること）していいのか？」サムが手札とにらめっこしながら尋ねた。

「ジャックのワンペア以上《ジャックス・オア・ベター》の手役を持っていなければベットはできない」ホンシンガーは答えた。「わたしが親を務めるあいだは」

「それじゃ、賭けずにパスする」

チャッツワースもパスした。

牧場主のペイジは二枚の五十ドル紙幣をポットに投げ入れた。「ベットしたぞ」

ジョニーは手札を見つめた。二枚のエース、ダイヤのキング、ダイヤのジャック、ダイヤの十。エースの片方のマークはダイヤ。ストレート（連続する数字のカードで構成される手役）、フラッシュ（同じマークのカードで構成される手役）あるいはロイヤルフラッシュ（同じマークのエース、キング、クイーン、ジャック、十で構成される手役）ができあがるかもしれない……もう片方のエースを捨てれば。

ジョニーは百ドル紙幣をポットに置いた。

ライリー・ブラウンもお金を出してコール（ほかのプレイヤーが賭けた金額と同じ金額を賭けること）した。

ホンシンガーは手札を捨てた。サムは迷いに迷った末にコールした。チャッツワースもコールを選んだ。

「カードを引いてください、皆さん」ホンシンガーが促した。

サムは三枚引いた。「七のワンペアを残したのか？」ホンシンガーが尋ねた。

「悪いかよ?」サムは言い返した。

チャッツワースは一枚引いた。ペイジは二枚。ジョニーはエースを捨てようとしたが、はっと思い直してジャックと十を捨て、エースとキングを残した。

「三枚引きます」ブラウンが告げた。「あなたが賭ける番ですよ、ミスター・ペイジ」

「二百ドルは多すぎるかい?」ペイジはにやつきながら尋ねた。

ジョニーは最初に引いたカードを見た。ダイヤのクイーンだった。一枚だけ交換していたら、ロイヤルフラッシュが完成したのだ。もう一方のカードは七……サム・クラッグなら、このカードを有効に使えただろう。

ジョニーは言った。「さて、どうなるかな。三百ドルでレイズ（ほかのプレイヤーが賭けた金額より多い金額を賭けること）する」

「コール」ブラウンはひと言だけ口にした。

ホンシンガーは微笑を浮かべた。「ゲームをおりる」

「金があったらなあ」サムはうなった。「七を手に入れたはいいけど、賭け金が大きすぎる」チップを二十枚まで数え、残りの八枚を眺めた。

「わたしは連番のカードを持っています」チャッツワースが告げた。「だから五百ドルでレイズしますよ、フレッチャー」札束をつかみ、一番下にある千ドル紙幣を抜き出して、ポットに放り入れた。

「ひゃあ!」サムが叫んだ。千ドル紙幣をつまみ、明かりにかざした。「にせ札か?」

チャッツワースは笑ったが、おもしろくなさそうだった。

「さらば、諸君」ペイジは手役を公開した。キングのワンペアだった。「これがオープナーズ（ベットしたプレイヤーの手役）だ」

ジョニーは五枚の百ドル紙幣を数えて分け、さらに五枚を分けた。「五百ドルを上乗せして賭ける」

ジョニーは笑った。「おれにとっちゃ、はした金さ」

「いやはや、皆さん」ライリー・ブラウンが言った。「大きな勝負をお望みのようですね。それでは、二千ドルでレイズしましょう」

「しまった！」サムが大声をあげた。カードの表を上にして置いたので、七のカードが二枚しか揃っていないことがばれたのだ。

チャッツワースはテーブルの向こう側に座っているライリー・ブラウンを見据えた。百ドル紙幣を数えて分け、二十枚の百ドル紙幣という少なからぬ金をポットに投じた。「コールする」彼は宣言した。

ジョニーはからだをかすかに震わせた。ゲームをおりることもできるが、すでに千百ドルをつぎこんでいる。ライリー・ブラウンはカードを三枚交換した――残りの二枚はおそらくワンペア。同じ数字のカードを二枚あるいは三枚手に入れたのかもしれない。もし、チャッツワースがストレートかフラッシュを狙ってカードを引き、連番のカードを獲得したとしたら。チャッツワースはブラウンを負かせられる。ワンペアを持つジョニーも完全にうち負かせる。ジョニーはカードを二枚交換した。二千ドルでコールしたから、フルハウスを完成させたと思われている可能性もある。しかし、ジョニーは、ブラウンとチャッツワースがコールするという予感をどうしても拭えなかった。

ジョニーは手札を捨てた。「降参」

ライリー・ブラウンがようやく笑みを見せた。「わたしは六のスリーカード（同じ数字のカードを三枚含む手役）です」

「ツーペア（同じ数字の二枚のカードを二組含む手役）より強い」チャッツワースが言った。

サムがわめいた。「七が三枚あればおれの勝ちだったのに！」

「坊や、これぞポーカーというものだ」牧場主のペイジが芝居がかった言い方をした。

ホンシンガーは新品の一組のトランプをサムに渡した。サムがカードをシャッフルして配る番だ。

ジョニーがふと目を上げると、ジェーン・ラングフォードが部屋に入ってきた。チャールズ・ハルトンの姿も見える。

「ポーカー！」ハルトンが声をあげた。「しばらく遊んでもかまわないかな、ジェーン？」

「ええ」ジェーンは答えた。

チャッツワースが立ち、ハルトンにライリー・ブラウンとペイジを紹介した。ジェーンはふたりとすでに面識があるようだった。

第二十一章

給仕係が椅子を運んでくると、ハルトンはホンシンガーとサムのあいだに座った。ジェーンはカウンターへ向かい、スツールに腰かけた。ジョニーが目を上げると、ジェーンが彼を見つめていた。ジェーンはふいと目を逸らした。

ハルトンは分厚い札束を引っぱり出した。その大半は五ドル紙幣と十ドル紙幣で、二十ドル紙幣がいくらか混じっている。「これがぼくの軍資金です。七百ドル……」

チャッツワースが笑った。「さっきまでポットに一万ドル入っていましたよ」

ハルトンは目をしばたたいた。「またまたご冗談を」テーブルの上に視線を走らせ、それぞれのプレイヤーの前に積まれた金の量を目測した。

「おまえの必勝法を試してみな」ジョニーが勧めた。

「あれはクラップスの必勝法です」ハルトンはぎこちなく答え、襟の内側に指をすべらせた。

サムはカードを配った。「スタッドポーカー（手役の一部をほかのプレイヤーに公開する形式のポーカー）で勝負するぞ」彼は宣言した。

「おれはこいつが一番好きだな」

「おれもだ！」ペイジが轟かんばかりの大声を放った。「ここにいる悪友たちは気に入らんだろうが、わたしはスタッドポーカーを愛してやまない。いやあ——気分がいい。クイーンが来た。五十ドル賭けよう！」

　ハルトンはあんぐり口を開け、目を丸くした。「きみには少々高額すぎるかな？」チャッツワースが尋ねた。

　ハルトンはかぶりを振りながら、舌で唇を湿らせた。ジョニーは二枚の黄色いチップをポットに投げ入れた。ブラウンは百ドル紙幣をポットに置き、ペイジが投じた五十ドル紙幣をお釣りとして抜き取った。ホンシンガーはカード――四のカードを裏返した。十のカードを持つハルトンは心を決めかね、上半身をかがめてホールカード（公開しない裏向きのカード）をちらっとのぞいた。結局、十ドル紙幣四枚と五ドル紙幣二枚を置いた。クイーンのカードを持つサムはチップを二枚置いた。

「二百ドルでレイズします」チャッツワースが告げた。彼は五のカードを持っている。

「また賭け金を釣りあげるのか？」ペイジが尋ねた。

「一撃をお見舞いします！」

　ジョニーの表向きのカードはジャック、ホールカードはエースだ。彼は金を賭けた。ブラウンもそれにならった。ハルトンは顔をテーブルに近づけ、ふたたびホールカードをのぞいた。やがて顔に汗を滲ませながら背筋をのばし、二百ドル分の紙幣を数えて分けた。

「百五十ドルを賭ける」サムが告げた。「おれの全財産だ」

　チャッツワースは笑った。「ひとり脱落！」

　千二百ドルがテーブルの端にかき集められた――サムが運よく勝てば、この金はサムのものになる。このあとポットに入る金――残りの賭け金は二位のプレイヤーが手中にする。

　サムはもう一枚ずつカードを配った。チャッツワースは五のワンペアを作った。ペイジは二のカードをもらい、手札を捨てた。ジョニーのカードはエースだったのでワンペアができた。九のカードを持つブラウンは十のカードを得た。ハルトンはエースのカードを得た。するとジョニーがかすかに表情を曇らせた。

ペイジがゲームからおり、最初にジョニーが賭けた。「二百ドル」

「二百ドル上乗せします」ブラウンが淡々と告げた。

ハルトンが息を呑み、またぞろホールカードをのぞいた。カードを見間違えていないかどうか確かめているようだった。彼はテーブルを見渡してから自分の金を数え、コールすれば五十五ドルしか残らないことがわかると、金を引き戻した。けれども、うめき声を漏らしながら、とうとう四百ドルをポットのほうへ押しやった。

「おれもショーダウン（ゲームの勝敗を決めるために、プレイヤーが全員一斉に手役を公開すること）に参加するからな」サムは念を押した。

チャッツワースがゆがんだ笑みを浮かべた。「あなたの手持ちの資金は五十五ドルですね、ハルトン。それと同額でレイズしようかな」

ジョニーが声をかけた。「おまえの必勝法の出番だぞ、坊主」

「わたしも次回、レイズしましょう」ブラウンはそう言いながら五十五ドルを取り出した。

ハルトンはむっとした様子で金を置いた。

サムは四枚目のカードを配った。エースのカード――最後の一枚――がチャッツワースの手に渡り、ジョニーは二のカードを得た。ブラウンは十のワンペアを作った。ハルトンのカードはキングだった。つまりハルトンの表向きのカードは十とエースとキングだ。サムは九のカードを得た。

最後のカードが配られた。チャッツワースは五のカードを手に入れた……一枚目の五のカードを得た段階でレイズし、スリーカードを作ったのだ。ジョニーは二のカードを得て、エースと二のツーペアを完成させた。ブラウンのカードは三だった。

ハルトンは二枚目のキングのカードを獲得した！

チャッツワースは全員の手役を推測した。「わたしの五のスリーカードはツーペアに勝ちます。ですから、資金を持っている方だけが賭けることになるでしょう――賭け金は二千ドルです」

ジョニーは手札を捨てた。ブラウンもゲームからおりた。チャッツワースはうっすらほほえんだ。三枚目の五のカードは表を上にして置いてある。「おそらく勝つのはわたしでしょう……」

「キングのスリーカードにも勝てますか？」ハルトンはホールカードを公開した。

チャッツワースの顔から笑みが消えた。「ホールカードがキングだから、なけなしの軍資金で勝負に出たというわけですか？」

「そうですよ」ハルトンは答えた。テーブルに身を乗り出し、無駄金となったチャッツワースの二千ドルの賭け金を手元に引き寄せると、サム・クラッグをうかがい見た。「かまいませんか？」

サムはむっつりとうなずいた。「おれはこれにてお役御免！」

ハルトンは残りの賭け金三千ドルをかき集めた。「どうも済まなかった」ジョニーは詫びた。「おまえの必勝法もなかなかのもんだ」

親を務めるチャッツワースがストレートポーカー（カードを交換せずにショーダウンを行う形式のポーカー）を始めた。ところが全員がパスした。参加料は二十五ドルだった。

ペイジが親になった。「ベットできるのはクイーンのワンペア以上の手役を持っているやつだけだぞ」

ふたを開けてみると、ベットしたのはペイジだった。それに対してブラウンだけがコールし、少額ながら賭け金を獲得した。ブラウンの手役はキングのワンペアだった。

ジョニーに親の役が回ってきた。

「スタッドポーカーで勝負だ」彼は宣言した。

ジョニーはカードを手際よく配った。ジョニーのホールカードと表向きのカードはどちらもエースだった。彼は五十ドルを賭け、ホンシンガーを含む全員がコールした。

カードが配られ、十のワンペアを作ったブラウンが二百ドルを賭け、ホンシンガーとペイジがゲームからおりた。ジョニーは四のカードを得た。

ジョニーの四枚目のカードは四だったのでエースと四のツーペアができた。

十のワンペアを持つブラウンが二百ドルを賭けた。ハルトンは手札を捨て、チャッツワースはブラウンに対して四百ドルでレイズした。ジョニーはコールした。

さらにブラウンが五百ドルでレイズし、チャッツワースがコールした。

ジョニーは最後のカードを配った――ブラウンが三枚目の十のカードを手に入れた。チャッツワースはクイーンのワンペアを作り、ジョニーは――三枚目のエースのカードを得て、フルハウスが完成した。

ブラウンがジョニーの手札に冷徹な視線をそそいだ。「勝ち目はあるか！」

ブラウンは最初のゲームで得たチャッツワースの千ドル紙幣を探した。「結末やいかに」

「いざ勝負」チャッツワースが声を張りあげた。目の前の金には目もくれずにポケットに手を入れ、薄い札束を取り出した……すべて千ドル紙幣だ。五枚を数えて分け、それに三枚を加えた。

チャッツワースは冷ややかに笑った。「本番はこれからですよ」

ジョニーはチャッツワースに勝つだろう。ブラウンにも勝つかもしれない——あるいは、ブラウンは十のフォーカードを持っているかもしれない。

ジョニーは考えこみ、ホールカードに目をやった。次の瞬間……ジョニーの全身がぶるりと震えた。ホールカードの端——上端に小さな印がついている。爪でつけたごく小さい印だ。ジョニーは表向きのカードをなでた。二枚のエースのカードにも同じような印がある。

誰かがカードに印を刻んだのだ。ゲームが始まる前に。もしくはゲームの最中に。

ジョニーは金を数えるふりをしながら、ライリー・ブラウンの手札を盗み見た。果たせるかな……印がついている。ジョニーのエースのカードと同じだが——ランクの高いカードと区別できるようにカードの端の中央付近に刻まれている。ブラウンのホールカードはほかのカードにまぎれてしまっている。ホールカードにも印がついているのだろうか？

ジョニーは八千ドル分の紙幣を数えて分けた。ポケットに手を入れ、ギルバート・ホンシンガーからもらった小切手を引っぱり出した。「使ってもいいだろ？」

「ライリーに持っていかれるぞ」

「もしも、わたしが勝てば」ライリーがつけ加えた。

ジョニーはおもむろに手をのばし、ブラウンの手札に触れた。「十のスリーカードと一枚のキング。フルハウスか……それとも十のフォーカードか……」

「十のスリーカードなら」チャッツワースは冷笑を漏らした。「わたしも太刀打ちできます」

ブラウンのホールカードには印がついていなかった。

「所詮」とジョニー。「ただの金さ」小切手をポットに投げこんだ。それから八千ドルを追加した。

「一万ドルを上乗せするのですか？」ブラウンが尋ねた。

ジョニーはにっこりした。

ジェーン・ラングフォードがカウンターのほうからやってきて、サム・クラッグのうしろに立ち、ジョニーを見据えた。

ホンシンガーが笑った。「悪銭身につかずだな」

チャッツワースはふいに不安を覚えた。「賭け金は八万ドル！」

「あんたとブラウンがコールするなら、そういうことになる」ジョニーは念押しした。

「賭けますよ」とブラウン。「ただし、上乗せします……」ジョニーをまっすぐ見つめた。「あといくら残っていますか？」

ジョニーはチップを取り出し、目の前にある紙幣を数えた。

「それと同じ金額を上乗せします」ブラウンは告げた。

チャッツワースがゆっくり言った。「一万千五十ドルが上乗せされるということですね。「千五十ドル……」

「あんたもレイズしたらどうだい」とジョニー。

「わたしはクイーンのスリーカードを持っていますが」チャッツワースはまだるっこい言い方をした。

「どうやら、あなたはフルハウスをお持ちのようですね。四が三枚とエースが二枚のフルハウスであれ、エースが三枚と四が二枚のフルハウスであれ、わたしは負ける……ライリーはどうでしょうか……」

ライリー・ブラウンは黙っている。

チャッツワースは笑った。「まあ、はったりに騙されているのかもしれませんが……」

彼は手札を取ってシャッフルし、表を下にしてテーブルに置いた。

「コール」ジョニーは宣言した。「エースが三枚のフルハウスだ……」

「十のフォーカードのほうが強い」ライリー・ブラウンは四枚目の十のカードを表に返した……印はついていない。

サム・クラッグが大きなうなり声をあげた。プレイヤーたちは――ライリー・ブラウンを除いて皆一様に顔をこわばらせている。ブラウンはジョニーを見やった。「勝負ありですか？」

「ああ」ジョニーは答えた。「印をつけたのがあんたじゃないなら……」

「わたしではありません」ブラウンは言った。「ですが、印を利用するのはその人の自由でしょう？」

「そうだな」ジョニーは認めた。「まあ、おれもこのカードのおかげで楽しませてもらったよ」

ブラウンが賭け金を回収し始めた。

彼が途中まで回収したところで、カール・シンが娯楽室に入ってきた。さらにカウボーイ姿の日に焼けた男も現れた。ふたりの手には銃が握られている。

「おまえら、騒ぐな」カール・シンが不気味な声で言った。

チャッツワースが叫んだ。「パイパー！」

「悪く思わないでくださいよ、ご主人様」カウボーイはニヤリと笑った。

第二十二章

牧場主のペイジが椅子をうしろへ押しやった。「強盗だ！」彼はわめいた。「ああ、どうしよう……」

カール・シンはペイジに向かって発砲した。牧場主は悲鳴をあげ、右腕を見た。肩と肘の中間あたりに開いた袖の穴から血が噴き出している。

「思い知ったか」シンが言った。

ジョニー・フレッチャーがだしぬけに笑いだした。シンはぞっとするような視線をジョニーに向けた。「おかしいか？」

「おかしくてたまらないよ、カール君。なにしろ、おれはすってんてんになったばかりでね」ジョニーはブラウンにウィンクした。「お気の毒さま、ミスター・ブラウン……」

「わたしはライリー・ブラウンです」冷徹な勝負師がシンに名乗った。「わたしをご存じですか？」

「名前だけなら知ってる」シンが答えた。「そんなことはどうでもいい。おれたちには関係ない……」

彼は一歩前に出た。

シンはサム・クラッグの手が届くところまで迫っていた。サムは右手をのばしてシンの左腕をむんずとつかんだ。シンが絶叫しながらサムに向かって銃をうちおろそうとした。サムはすかさずシンを投げ飛ばした。シンは部屋の中ほどまでひゅうと飛んでいき、ビリヤードテーブルにぶち当たった。サムは体勢を整えた。椅子を片手でつかむと、武装カウボーイに投げつけた――その瞬間、カウボーイが引き金を引いた。銃弾が椅子に当たって破片が飛んだ。被弾によって椅子は少し逸れ、脚がカウボーイをかすっただけだったが、カウボーイは銃をとり落とした。

ジョニーもすでに立ちあがっていた。ライリー・ブラウンは上着の折襟の下に右手をさし入れている。

チャールズ・ハルトンが三十二口径のオートマチック拳銃を抜き、テーブルからぱっと飛びのき、サムとジョニーとライリー・ブラウンに順々に銃口を向けた。

「動くな！」ハルトンは叫んだ。

ライリー・ブラウンの手が銃の台尻の上で止まった。銃はショルダーホルスターにおさまったままだ。ジョニーはじっとしていた。

ただひとり、サムだけは動きを止めず、ハルトンに向かっていった。

「なんだと、この小僧め……！」

ハルトンは一歩後ずさりし、カール・シンの隣に並んだ。シンは床から立ちあがろうとしていた。

「来るなら来やがれ」ハルトンがサムを挑発した。

ジョニーが声をあげた。「サム！」

サムは足を止めた。

ハルトンはサムを避けてジョニーに近づいた。「フレッチャー、あのトランプをよこせ……」

「おや」とジョニー。「ついに正体を現したな……サイコロ遊びの必勝法を編み出したまぬけ野郎め」

「ゲームに勝つ方法はひとつじゃない」ハルトンはおぞましい声を響かせた。

「いかにも」ジョニーは認めた。「ブラックジャックのディーラーを買収するという手がある。ポーカーで勝つにはカードに爪で印をつければいい。仲間と一緒に銃で脅すという手を使えば確実に勝てる。ひとつばかりまずい手もあるぞ、ハルトン……それは殺人だ……」ジョニーはブロスのトランプをポケットから取り出し、テーブルの上にぽんと置いた。「ほらよ、ハルトン。貴様はこのトランプを手に入れるために、ジム・ラングフォードにハリー・ブロスを殺させた。そして、ラングフォードがトランプを貴様に渡さないつもりだと思いこみ、やつを殺した……」

「あんたが今までずっと持っていたのか！」

「いいえ、違うわ」ジェーン・ラングフォードが口を開いた。「持っていたのはわたしよ」

ハルトンが冷笑を浮かべた。「きみは僕の味方じゃないのか？」

「誰の味方でもないわ」ジェーンは冷静に言い返した。

「きみのおじさんも僕を裏切った――僕たちが稼いだ金を根こそぎぶん取ったんだ。正直者のディーラーだったのに、二十万ドルに目がくらみ、不正直者になり果てたってわけさ」

ハルトンは銃をすぐにつかめるようにテーブルの端に置き、ブロスのトランプを手にした。カードを扇状に広げ、絵柄ごとに分け始めた……スペードのエース、キング、ジャックを分け、ほかのカードも分けた。

すべてを分けると、カードを順番通りに並べた。ジョニー・フレッチャーは身を乗り出してのぞきこんだ。並んだカードの端に言葉が現れている。〈カバナ二十三号室　バスルームのタイルの下を見よ〉

「おじさんは、きみに金を残したんだよ、ジェーン」ジョニーは優しく告げた。

ハルトンがせせら笑った。「思いもよらなかっただろ？　バラバラのカードの端に汚れのようなものがある。カードを並べると、その汚れが言葉になる……二十万ドルが目と鼻の先に転がっていたのにな、フレッチャー……おつむが足りないあんたは気づかなかった」

「果たして」ジョニーは言った。「金と一緒に逃げおおせるかな？」

「逃げのびてやるさ」

「よく考えろ。貴様がここから逃げる——すると、二十人かそこらの保安官代理がすぐに追ってくるだろう……州警察も追ってくる……」

「十五分早く逃げれば絶対に捕まらない。大きな山と——広い砂漠の中では……」

屋敷の外で銃声が立て続けに鳴り響いた。

ハルトンは銃をつかんでトランプをポケットに押しこみ、チャッツワースに一足飛びに近寄った。大富豪の背中に銃をつきつけた。

「よう、チャッツワース、あんたを道連れにする——お友達が僕に一歩でも近づいたら、まず、あんたが罰を受ける。わたしたちは出ていきますと宣言するのが身のためだ……」

ドアが勢いよく開き、生け捕りのマリガンが部屋に飛びこんできた。短銃身のリボルバーが手に握られている。

ハルトンはチャッツワースの胴体から銃を離し、マリガンのほうに向けた。けれども、ほんの一瞬遅れた。マリガンの放った銃弾がハルトンの額を撃ち抜いた。

カウボーイのパイパーは肝が据わっているものの……ライリー・ブラウンより鈍かった。パイパーも死んだ。

ジョニーは静かに言った。「金をせしめるつもりだったんだろ、マリガン！」

マリガンはジョニーを見やった。「そうとも。でも、考え直したよ……昔、手にした十万ドルを持て余したからな」

ギルバート・ホンシンガーがテーブルに近づいた。「もうここを発つのか、フレッチャー」

「それについては意見がまちまちでね。警察は納得している。ところがだ。おれのホテル代は千六百ドル。おれの全財産である、この紫色のチップは値打ちのあるものかと思いきや——ただの二十五ドルのチップ。そのうえ、出発したけりゃ三百五十ドルの追加料金も払えとミスター・ビショップは要求する……それはできない相談だ」

「はてさて」とホンシンガー。「ホテルの規則を破ることになるけれど、まあ、事情が事情だから見逃すしかないようだな」

「あんたの厚意に感謝するよ、ミスター・ホンシンガー」ジョニーは皮肉をこめて言った。

ホンシンガーが手をさし出したが、ジョニーは気づかないふりをした。彼はベルボーイのニックのもとへ行った。「なあ、ニック、手元に小銭はあるかい？」

「残念ながら、ミスター・フレッチャー」ニックが答えた。「昨日の夜、小銭をすべて貯金箱に放りこんでしまいました」

「そいつは偉いぞ、ニッキー。貯金に励め。いつか、ここのようなカジノホテルのオーナーになれるよ」ジョニーはほほえみ、ニックの頬をぽんぽんとたたいた。「じゃあ、またな……」彼はフロント係のビショップに手を振った。「さよなら、ミスター・ビショップ！」

ジョニーはホテルを出て、サムの待つ車に乗りこんだ。サムはむっつりと黙りこくっている。ふたりはフリーモント・ストリートを南下し、ラスベガスをあとにした。

まもなく、サムがこらえきれなくなって口を開いた。「一文無しに逆戻り！」

「いいや」ジョニーはポケットから一ドル硬貨を取り出した。「まだこいつが残ってる」

「一ドルじゃないか」サムはにがりきっている。「昨日、二万ドル稼いだのに……二万ドルすっちまった……」

「おいおい、サム。最初、おれたちの持ち金は一ドルだった。そして今の持ち金も一ドル」ジョニーは笑った。「トントンで終わったのさ！」

訳者あとがき

本書は、フランク・グルーバー（一九〇四～六九）による〈ジョニー&サム〉シリーズの九作目 *The Honest Dealer*（一九四七）の全訳です。

The Honest Dealer (1947, A Murray Hill Mystery)

今回は、アメリカのカリフォルニア州デスバレーから物語の幕が開きます。デスバレーはネバダ州ラスベガスの西方約二百キロメートルに広がる砂漠地帯の盆地。アメリカで一番暑い地として知られています。そんなところをほんの気まぐれから車で走っていたジョニーとサムは、胸を撃たれた瀕死の男に遭遇。男は「これをラスベガスにいるニックに届けてほしい」と言って一組のトランプをジョニーに託し、息絶えます。その後、カジノでひと儲けしようとラスベガスへ向かう途中、ふたりは、どことなくいわくありげな美しい娘ジェーンと出会います。じつは、ジェーンは夫と離婚するためラスベガスに滞在していました。ネバダ州では、一定期間州内に居住すれば、ネバダ州法に基づいて他州より簡単に離婚できるのです。果たしてジェーンは物語にどう絡んでくるのでしょう。

ラスベガスに到着すると、ジョニーは渋るサムをよそにニック捜しに乗り出しますが、お金を稼ぐことにも余念がありません。本作の読みどころは、数々の謎が解き明かされていく過程はもちろん、クラップス、ブラックジャック、ポーカーというカジノゲームにおける駆け引きの描写にあります。そのおもしろさを堪能できるように、これら三つのゲームの基本的なルールを記しておきます。

クラップスはふたつのサイコロの出目を当てるゲームです。プレイヤーのひとりがサイコロを投げる「シューター」の役を務めます。シューターがカジノ側に勝つほうに賭ける場合はテーブル上の〈Pass Line《パスライン》〉と記された枠の中に、シューターが負けるほうに賭ける場合は〈Don't Pass《ドントパス》〉と記された枠の中に賭け金を置きます。シューターは一投目で七か十一の目が出たら勝ち、二、三、十二の目が出たら負けます。次に、四、五、六、八、九、十の目が出たら、これらの出目が「ポイント」となり、そこからは、出目がポイントならシューターの勝ちです。七なら負けで、これを「セブンアウト」と呼び、ゲームは終了。

ブラックジャックはプレイヤーがディーラーと対戦するカードゲームです。手役の数の合計が二十一に近いほうが勝ち。十、絵札のＪ（ジャック）、Ｑ（クイーン）、Ｋ（キング）は十として数え、Ａ（エース）は一または十一として数えます。カードを引くことを「ヒット」する、手役を完成させてカードを引くのをやめることを「スタンド」する、手役の数が二十一を超えて負けが決まることを「バースト」すると言います。ディーラーはまずプレイヤーと自分に二枚のカードを配ります。ディーラーの二枚のカードのうち一枚は表向き。プレイヤーはこの表向きのカードからディーラーの手役の数を推測できるのです。ディーラーは手役の数が十七以上になるまでヒットし、十七を超えたらスタンドしなければなりません。つまり、ディーラーの手役の数は十七、十八、十九、二十、二十一、二十一を超える数のうちのいずれかとなります。最初に配布される二枚のカードの数の合計が二十一となった場合、この手役を「ブラックジャック」と呼びます。十、J、Q、Kのいずれか一枚とAならブラックジャックが完成するわけです。

最後にポーカー。ひと口にポーカーと言っても種類はさまざま。カードの交換や手役の公開のしかたに違いがあります。本作にはドローポーカー、スタッドポーカー、ストレートポーカーが登場し、ジョニーたちは大金を賭けて伸るか反るかの勝負を繰り広げます。ポーカーの手役を強い順に並べると、ロイヤルフラッシュ、ストレートフラッシュ、フォー・オブ・ア・カインド（フォーカード）、フルハウス、フラッシュ、ストレート、スリー・オブ・ア・カインド（スリーカード）、ツーペア、ワンペアとなります。

一九三一年、ラスベガスから南東へ五十キロメートルほど離れたところでフーバーダムの建設が始まりました。同じ年、ネバダ州はカジノを合法化します。やがてラスベガスはダムの建設に携わる労働者の娯楽の場となり、カジノの街として発展していくことになります。本作が発表された一九四〇年代半ばに、豪華なカジノホテルが続々と誕生したそうです。

このカジノの街を舞台にしたミステリも生まれました。邦訳されている作品には、ジェイムズ・スウェインの『カジノを罠にかけろ』（*Grift Sense*）、ジェイムズ・マクマナスの『殺人カジノのポーカー世界選手権』（*Positively Fifth Street*）、マーク・ショアの『エースのダイアモンド』（*Ace of Diamonds*）などがあります。興味のある方はご一読されてみてはいかがでしょうか。

なお、本作の結末部において、ジョニーたちのいる場所がいつのまにか牧場からカジノホテルに変わっています。カジノホテルに戻った等の説明はなく、文章が抜け落ちているような印象を受けますが、原文を尊重し、修正を控えました。

それでは、ジョニーとサムがラスベガスで繰り広げる痛快な物語をどうぞお楽しみください。

最後に、本作との縁をつないでくださった故・仁賀克雄先生に心から感謝いたします。

二〇二一年三月

松尾　恭子

〔著者〕

フランク・グルーバー

別名チャールズ・K・ボストン、ジョン・K・ヴェダー、スティーヴン・エイカー。1904年、アメリカ、ミネソタ州生まれ。新聞配達をしながら、作家になることを志して勉学に勤しみ、包み紙などに短編小説を書き綴っていた。16歳で陸軍へ入隊するが一年後に除隊し、編集者に転身するも不況のため失職。パルプ雑誌へ冒険小説やウェスタン小説を寄稿するうちに売れっ子作家となり、初の長編作品“Peace Marshal”(39)は大ベストセラーになった。1942年からハリウッドに居を移し、映画の脚本も執筆している。1969年死去。

〔訳者〕

松尾恭子（まつお・きょうこ）

熊本県生まれ。フェリス女学院大学卒。英米翻訳家。主な訳書に『ヴィクトリアン・レディーのための秘密のガイド』、『戦地の図書館　海を越えた一億四千万冊』（ともに東京創元社）、『人と馬の五〇〇〇年史　文化・産業・戦争』（原書房）など。

正直者《しょうじきもの》ディーラーの秘密《ひみつ》
——論創海外ミステリ　264

2021年4月20日　初版第1刷印刷
2021年4月30日　初版第1刷発行

著　者　フランク・グルーバー
訳　者　松尾恭子
装　丁　奥定泰之
発行人　森下紀夫
発行所　論 創 社

〒101-0051　東京都千代田区神田神保町2-23　北井ビル
TEL:03-3264-5254　FAX:03-3264-5232　振替口座 00160-1-155266
WEB:http://www.ronso.co.jp

組版　フレックスアート
印刷・製本　中央精版印刷

ISBN978-4-8460-2023-1
落丁・乱丁本はお取り替えいたします